新しい韓国の文学
23

This book is published with the support of
Literature Translation Institute of Korea (LTI Korea).

オルガンのあった場所

シン・ギョンスク＝著

きむ　ふな＝訳

もくじ

庭に関する短い話

それはクリーム色の新築マンションだ。築五年くらいだろうか。

そこを出て三年になるので、私が住んでいたころはまだ築二年くらいだったろう。そこへ引っ越したのはただの偶然である。その前に住んでいたのは十坪[*1]ほどのマンションだった。いっしょに暮らしていた妹が結婚し、一人残された私は、後に「集まっている明かり」と題をつけた短編小説を書いていた。妹は毎朝牛乳を飲むのが好きで、私は牛乳が大の苦手だった。妹がいなくなったのに、まだ止めてない牛乳が毎朝配達された。私はドアポケットに新聞といっしょに入っている牛乳を取り出して冷蔵庫の中に積んでおいた。そんなある日の夜、水を飲むために冷蔵庫の扉を開けたら、中の牛乳パックがわっと床に落ちてきた。冷蔵庫のオレンジ色の明かりが床に散らばった牛乳パックを照らした。牛乳パックは私の素足の上にもあった。牛乳パックを見下ろして、ある夜の妹のことを思い出した。私は妹を抱き枕のように抱えて寝るのが好きだった。しかしあの子は私が牛乳を嫌うのと同じくらい、私に抱えられるのを嫌がっていた。寝ついた妹をそっと抱えて寝ていると、いきなり私の手は強く払いのけられた。それでも妹が寝ていると、私はまた彼女を抱えた。あの子が背を向ければ後ろからそっと抱きついた。

私はあの子の首筋や髪の毛からする匂いが好きだった。それは私たち家族の匂いだった。母が頭にかぶっている汚れた手ぬぐいの匂いであり、父の猟銃の匂いであり、実家の庭に咲いている白いバラの匂いでもあった。散らばった牛乳パックは開けっ放しの冷蔵庫の明かりの下、妹の不在を物語っていた。冷蔵庫の扉を開けていた手の力が抜け、突然涙が込み上げてきた。どれほど泣いていたのだろう。気がついたら、私は冷蔵庫の扉を開けっぱなしにして牛乳パックの間で眠っていた。冷蔵庫からのほのかな明かりの下で、牛乳パックも静かに眠っていた。足を伸ばして冷蔵庫の扉を閉めて体を起こそうとすると、足がふらついた。すっかり暗くなった部屋の中で私は膝を抱えてしばらく座っていた。ひとりぼっちだと思った。雑草の生い茂る道に私を残して、彼は一人で行ってしまったようだった。部屋の電気をつけて鏡で顔を覗いたら、泣きはらして二重まぶたが消えていた。顔を洗うため洗面所に入ると、顔が洗面器のようにむくんでいた。牛乳販売店に電話をかけ配達を止めて、食器を洗った。クローゼットを開け、妹がおいていった服を取り出して洗濯をした。時間をかけ石鹸をつけて洗面台を洗い流し、下駄箱の中の土を掃きだした。爪を切り、髪を洗った。そして机に座って短編小説の続きを書いた。あの子の不在に耐えるために書いた。仕事が終わっても部屋には帰ってこない妹を、私はそれまでと同じように待った。なぜこんなに遅いんだろう、とつい時計に目をやり、時にはテーブルに妹の箸とスプーンをおいた。小説を書いている時も、お姉さん、と妹が冷たい手を私の襟首の中に入れるようで、頭を反らしたりした。

そうして「集まっている明かり」を半分ぐらい書いたころに、大家が訪ねてきた。大家は映画監督だった。映画製作のためアメリカに行っている後輩に部屋を売却していたが、その後輩が帰国するということだった。つまり部屋を空けてほしいと。私には一ケ月の期限が与えられた。翌日から新しい部屋を探さなければならなかったが、私は管理人室に行って同じマンションに空きがないのかを聞いただけだった。空きはないと言われた。ワンルームマンションだった。寒い一月に引っ越す人などいない。しばらく頭がこんがらがったが、私は机に戻って小説の続きを書くのに集中した。

あの時のあの湿っぽさは何だったのか、私には分からない。深い溝が体の中に入り込んだかのように私は湿っぽかった。小説を書き終えることに打ち込まなかったら、私はおそらくその湿気の中でもう一度溺れてしまっただろう。むさぼるように作品を書き終えると、引っ越しまで一週間となっていた。ようやく不動産屋を回ってみたが、一週間後に引っ越す部屋を探すのは困難だった。そしてフリーペーパーでそのマンションの六〇八号室を見つけた。いつでも入居可能という文句に、私は知らない人に電話をかけた。間取りを聞くと、十三坪のワンルームに一坪ほどの風呂場、都市ガスではないが電気コンロのついた小さなキッチンがあると言った。それで十分だと思った。部屋を見に行くこともなく私は引っ越しを決めた。行くことはできたが、部屋が気に入らないかもしれないと思ってやめた。この街に私が一週間以内に引っ越せるところなどどこにもないと思ったので、気に入ろうが入るまいが行くしかない。他の方法はなかった。

引っ越しの日、荷物を運んで着いてみると、思いのほかとても気に入った物件だった。近くに山があったからだろうか。前にもその部屋にいたことがあるような感じがするほどだった。空気や日差しが自分の生まれ育った村と似ていた。道路沿いなのが気になったが、新築であるのも嫌ではなかった。マンションの左側に長いトンネルがあり、右側には市街地に向かう道路が、向い側には以北五道庁[*2]と山に続く道がのびていて、建物の地下には銭湯があった。私の部屋である六〇八号室のドアを開けて中に入ると、窓いっぱいに山が見えて思わず感動した。遠くからではあるが、この都市で窓から山が見える部屋など、簡単には見つからない。しかしその感動は一日で消えてしまった。引っ越した日の夜からその部屋を出るまで、私は深い眠りにつくことができなかった。あれほど感動した窓からは街灯の明かりがなだれ込み、部屋の明かりを全部消しても昼のように明るく、トンネルを抜け出した車は一晩中猛スピードで走った。騒音は明け方まで続いた。日中の騒音はそれほど気にならなかった。夜は四方が静まり返るので車の騒音がとりわけ大きく聞こえる。二重織の厚いカーテンをつけてなだれ込む明かりは遮断したが、車の騒音はどうすることもできなかった。深夜、トンネルを出て疾走する車の音のせいで一晩に四、五回は目を覚ました。その音は、あの部屋を出て三年になる今でも耳に残っている。横断歩道を渡る人がいなくても、信号機はキンコンキンコンと一晩中鳴り、大型トラックが走る時はマンションまでがくんと揺れるようだった。キイーッと急停車する音に驚いてベッドから転がり落ちたこともある。三重、四重の衝突事故でガラスの破片が道路に飛び散る音にも。ベッドから落ちて呆然と座っていて、窓のカーテンを開けて道路を見下ろすと、猫の死体が目に入ったり、事故を起こした車両の運転者たちが路上で胸ぐらをつかんでけんかをしていたりもした。真夜中の都市の道路でくり広げられる騒ぎをそのマンションは静かに見下ろしていた。それでも私はそこで一年ほど暮らしたし、これから話そうとするのは、そこで初めて深い眠りにつくことができた、ある夜のことである。いや、あの夜、そのマンションで会った少女の話、もしかしたら私のもとを去ってしまった彼という幻影と別れる過程の話かもしれない。

＊

人生における突然の不在や死別を人はどのように受け入れているのか、時おり私は気になる。妹が結婚して私のそばを離れたのと同じ時期に、いっしょに食事をし、いっしょに川辺でその流れを眺めたりした彼の、受話器の向こうの声が冷たくなっていた。近かった人が遠ざかるのに耐えることが、毎回私には困難である。人と別れる力が私にはもう残っていないと思う時もある。それでもまたこうして生きていくのだから、人生というのは怖いものだ。だれかが遠ざかるたびに、私はその人を探し回る代わりに何かをくり返す。同じ行動ではない。そのつど少しずつ違う行動をくり返す。ある別れを前にしては毎晩市街に出かけて家まで歩いて帰り、ある別れの前では午後になるとプールで泳ぎ、またある別れの前ではふらりと列車に乗って見知らぬ駅まで行って戻った。そうしている間、孤独に鍛えられた。同じことをくり返していると、その人が私から遠ざかったとしても、この世にいないわけではないという結論に至る。どこであれ生きていればいい、と。しかしそこにたどり着くまでの困難が軽減されることはなかった。彼らの突然の死に対する恐怖がなかったら、ふたたび日常に戻ることはもっと難しかっただろう。近い人が自分から遠ざかることより、彼らの死が私は怖い。遠ざかって会えないことと、死んで会えないことは違うから。この世のどこかで彼も私のように歩き回り、風邪をひき、服を着替えて銭湯に行くと思うと、心が落ち着いてきた。彼に変わったことはない、私は自分に言い聞かせる。今は私とではなく、他の人といっしょなだけ、と。

彼の不在により彼が残した物たちが息をし始める。彼がもう私の家の前で車を止めることがなくなった時、私は誕生日プレゼントにもらったネックレスをつけた。彼がそばにいた時は一度もしなかったネックレスだ。そばにいた時は代わりの物がなくても彼のことを感じることができた。私は音をたてて息をし始めたネックレスをつけて机の前に座り、話すことがなくなるまで手紙を書いた。ある日は二通、ある日は三通も。手紙はもちろん出していない。もちろん、と言うのはおかしな話だ。手紙を出さないのは当たり前ではないから。しかしそもそも出すために書いたものではない。冷たくなった彼の声による悲しみに耐える方法が他になかったのだ。書き終えた手紙はたたんで大きな書類封筒に入れた。

少女に会ったのは、入居して三ケ月ぐらいになったころのことだ。以前いっしょに働いたラジオ局のディレクターから送られてきた招待券でヨーヨーマの来韓コンサートに出かけた帰りだった。夜十二時に近い時間だった。タクシーがマンションの正門に向かってカーブする時、少し体が傾いた私の目に鶏を抱いている少女が飛び込んだ。マンションのガラスの自動ドアの前だった。深夜でなかったら、少女が抱いているのが鶏ではなく花だったら、そこまで目を引くことはなかったかもしれない。

小さな子どもがこんな時間になぜ？

すぐに体を起こして確認したが、不思議なことだった。体を起こしたのはたったの二秒か三秒後なのに、鶏を抱いた少女の姿は流れ星のように消えていた。えっ？　私は首をふって大きく目を開いた。少女の姿はなく、冷たいガラスドアだけが光っていた。タクシーの運転手が着いたことを告げなければ、私はそのままぼうっとしていただろう。見間違ったのだろうか。料金を払い釣り銭を受け取ってからも狐につままれたようだった。見間違いなら見間違った対象がなければならないのに、そこには何もない。少女が立っていた位置に立つと、すうっとマンションの自動ドアが開いた。私は何度も後ろをふり向いて中に入った。管理人が私に向かって目礼をして、何かお探しですか？　と尋ねた。いいえ、私は答えてエレベーターのボタンを押した。いいえ、と言ったものの、鶏を抱いて立っていた少女の姿がありありと浮かび上がる。見間違いというには、その姿はあまりにも鮮明だった。扉が開いたエレベーターをそのままにして管理人室に行った。さっき、あそこに鶏を抱いている女の子が立ってませんでした？　とガラスドアの外を指しながら尋ねた。管理人は女の子よりも鶏を抱いて、ということが変だったのか、そう、そうですね、私は見てませんが、と笑った。エレベーターに乗って六階に上る間、胸のあたりがじんと痛くなってきた。エレベーターの中で、ある庭が浮かび上がったのだ。いつだったか、午後六時ごろに曹渓寺《チョゲサ》の前を通った時もそうだった。僧侶が打つ梵鐘の音にあの庭が浮かび上がった。井戸があり、バラの花があり、ガチョウがいる、そんな庭だ。疲れた体をエレベーターの壁にもたれかけ、迫ってくる庭をはね返そうとするが、庭は打ち寄せる波のように迫ってきては、音をたてて息を吐き出すようだった。私はエレベーターの床に座り込んだ。百坪を超える、息をする庭を狭いエレベーターが耐えることなどできない。庭は、咲き乱れたバラの茂みをかき回している荒々しいガチョウの野生的で長い首を、座り込んだ私の膝に押しつけながらささやいた。わたしを……忘れないで。気が遠くなろうとした時、チーン、とベルが鳴りエレベーターが止まった。私は、私に迫ってくる庭の荒い息を手をふりながら押しやり、ふらふらとエレベーターを降りた。額にびっしょりと冷や汗がにじんでいる。私は何かにしがみつくようにカバンの紐をぎゅっと握った。わたしを、わたしを忘れないで。馴染みのある息遣いで私を捕らえる庭を意識から閉め出して、私は都市のビルの中にある、くぼみのような自分の部屋へと必死に歩いた。六〇八号室の鍵穴に鍵を挿し込む時も額の冷や汗は止まらなかった。不意にこちらの暮らしの中へ襲いかかるように訪れて、私の心をかき回していくあの庭は、私の心の向こうからとぼとぼと歩いてきた、沼かもしれない。一人で生まれて一人で死んでいくとか、自分の因果応報はだれも代わることができないと思う時、庭は私の日常に現れなかった。見える顔と聞こえる言葉をむさぼっている時は。

ドアを開けて部屋に入り、髪にタオルを巻いて長いことシャワーを浴びた。どこかに勤める仕事を探した方がいいだろうかとも、技巧の溢れるヨーヨーマの演奏や、二十九という自分の年齢について考えたようでもある。二十九歳、私は青春というものを知らずに二十代を通ってきた。これといった出来事一つなく、文章になるような言葉一つなく。私の二十代は沈黙と徒歩だけだった。私は黙ってあちこちをほっつき歩いた。もしかしたら今でも、明洞《ミョンドン》大聖堂のべンチや、ある寺院の入り口にあるモミの木の影がゆらめく長い山門に、まだ私の背中の跡や足跡が残っているかもしれない。いったい何とあれほど辛い別れをして、あれほど早く人生に怯えるようになったのだろう。昔も今も変わらず、蛍の光のように心の中でゆらめくものは、だれとも別れたくないという思いである。別れるのが嫌で会うことさえできなかったなら、そうだとしたら？　バカみたいな二十代だったと思われる時は、思わず大きく目を見開いてしまう。あちこちの道で首を垂れ足を引きずって歩いている私が見える。そうした時間を通って、どうやってここまで来たのだろう。歩いている間、何人かを失い、何人かと出会い、そして今ふたたび彼を失おうとしているのだろうか。遠ざかる彼のことを考えている間、心に浮かんできた庭はふたたび沼の中に沈んだ。

あの夜、玄関のチャイムの音に目が覚めた。車の音や電話のベルではないチャイムの音に目が覚めたのは初めてだった。

目を覚ましたものの聞き間違いではないか、暗闇のなか耳を傾けた。ピリリリ、確かに玄関のチャイムの音だった。だれだろう。体を起こそうとして、午前一時過ぎにベッドに入ったことを思い出した。庭が深い空洞の中に沈んだ後も、遠くにのびた道のように、ガラスドアの前の少女はありありと目の前に現れた。幻だったろうか。それにしてはあまりにもはっきりした姿で、私はその姿と別れるために缶ビールまで飲んでいた。カーテンを閉め明かりを消してべッドに入っても、寝つけず何度も寝返りを打った。私が恐れているのはすべて幻かもしれない。この手で抱きしめて、匂いを記憶に刻み込んだのに、明け方の光のように消えていったあなた。しかし深い夜や透明な真昼の静寂の中で、あなたが私の無意識の中に侵入してくる足音を聞いたりした。私はあなたを拒むことなどできなかった。いや、あなたでできているのが私なのかもしれない。それで怖かったのだろう。その幻を恐れなかったら、私はいつも溺れてしまったのだろう。その恐れのため、私はたまに溺れた。

ドアに近づくこともできずベッドの上に座ったまま、どなた？ と大きな声で聞いた。返事はない。私は布団を首までひっぱって、もう一度聞いた。どなたですか？ 私の声だけが響き、返事はない。道路を疾走する車の音がゴーゴーと聞こえていた。私は布団をもっと引き寄せて頭までかぶった。玄関からベッドが見えるのが嫌で仕切りにしてある本棚の向こうから、突然だれかが現れそうだった。妹がいたら明かりをつけ、スリッパを引きずって行きドアを開けただろう。二十分ほど布団をかぶっていた私は、突然この建物の中にいるのは自分一人だけではないだろうか、という突拍子もないことを思っていた。九階建てのマンションの中に一人だけだと思うと、怖くなってしまった。ありえることだった。そのマンションは事務室のようにも使われていた。実際同じ階の六〇九号室と六一〇号室もオフィスで、彼らは九時に出勤して六時には退勤した。それでもこんな大きなマンションに一人だけのはずはない。私は起き上がり急いでパジャマの上にシャツを着た。もう考えてしまったことだ。自分一人ではないことを確認しなければ終わらない。玄関を開ける前に外に向かって、どなたですか？　と尋ねた。返事はない。サンダルをはいてドアを開け、そっと廊下を見渡した。だれもいない。六一四号室まで続く長い廊下は暗闇の中に静まり返っている。私は勇気を出してかちゃんとドアを閉め、サンダルを引きずって廊下の明かりをつけた。暗い廊下に一瞬で明かりが灯される時、私は何かから目をそらすようにぎゅっと目を閉じた。それでも明かりがつく前、静まり返った廊下の揺らいだ闇の中に、鶏を抱いた少女が飛び込む姿を見たような気もした。それらの幻をかき分けて進まなければならない。私はつかつかと歩いてエレベーターに乗り一階に降りた。管理人はテーブルの上に顔を突っ伏して寝ていた。私はマンションの外に出て、信号を無視しそのまま道路を走って渡った。かき分けて行かなければ、私はまた溺れてしまう。道路の向い側からクリーム色のマンションを見あげる。安堵で深い息を吐き出した。ぽつりぽつりではあるが、あちこちの窓からほのかな明かりが漏れていた。

真夜中に起きて何してるんだろう。

窓の明かりを確認すると体の力が抜けてしまい、街路樹にもたれて六階の自分の部屋を見あげた。直前まで自分がいたところは他人の部屋のようによそよそしかった。六階で明かりがついているのは私の部屋だけだった。自分の部屋の明かりを外で眺めるのは不思議な気分だ。だれかがあの部屋の窓から道路の上の私を見下ろしているような感じ。自分の部屋から目をそらし、トンネルの方に視線を移した。哀れでとるに足りない人間。私は自分を軽蔑し、ぎゅっと目を閉じた。無意識に伸びた手が自分の頬を強く叩いていた。離れていく彼に、私が何を間違ったの？　としか言えないひ弱な人間。人生そのものが根こそぎ去っていくとしても、片隅で靴の先でこんこんと地面を鳴らしているだけだろう。コンサートに行く前に食べたすいとんが今になって反乱を起こし、喉元に込み上がってきた。自分の手に叩かれてしびれる頬を木の幹に当てて硬く口を閉ざした。あなたには気安く吐く資格もない。私はきつく口を閉ざした。喉にせり上がってくる吐瀉物をごくっと飲み込んだ。ますます胸がむかむかし、口の中から嫌な臭いが漏れだした。つねに人生に真正面から向き合うのを避けてきた者たちが放つ、いやらしい臭い。口を硬く閉じれば閉じるほどどんどん込み上がってきて、歯の間からはみ出るのがわかる。私は耐えきれずに座り込んでぶよぶよとのびたすいとんを街路樹の根元に吐き出した。自分の涙とは思えないほどの大粒の涙がのびた小麦粉の上にぽたぽたと落ちた。そんな私とは関係なく、トンネルの上には黄色いレンギョウが見事に咲き乱れ、ありったけ枝を垂らしていて、かがんだ私がつかまっている銀杏の木の中には春の生気が流れているのか、青々した匂いが夜の空気に広がっていく。市街地から走ってきたトラックがトンネルの中へ疾走していく。お腹のものを全部吐き出した。道路を渡るために体を起こした私はその場に釘付けになった。マンションの入り口に鶏を抱いた少女が立っている。青い明かりに包まれている少女は舞台の上の俳優のようだった。私は少女から目を離さずに道路を渡った。春だというのに、男の子用の茶色と白のチェック柄の冬物のジャンパーを着ている。少女に近づきながら、私の体がだんだん小さくなって、そのまま少女のジャンパーの中へすっと入り込むようだった。

子どものころ、私にもあんなジャンパーがあった。最初から私のものだったのではない。中学校の奨学生試験を受けに行く三番目の兄のために母が思い切って買ってやったものだ。兄はそのジャンパーが暖かすぎてつい試験の最中に寝てしまったと腹を立て、二度と着ようとしなかった。母はそのジャンパーを私にくれた。私は男の子用のジャンパーを着たくなかった。刺繡がほどこされ、かわいいポケットもついた、そんなコートがほしかった。それでも母の前ではそれを着て出かけた。門を出るとすぐ脱いでどこかに隠しておいて、家に入る時にまた着たのだが、北風が強いある日、そのジャンパーを着て線路沿いまで行ったことがある。とても寒い日だったのでかわいくないジャンパーでも脱ぐことなど考えられなかった。ジャンパーの前をしっかりと閉めて、レールを枕にして冬の空を見あげた。冷たい冬空の果てに一つの顔がかすかに浮かび上がった。心配事があればいつも最後に浮かび上がる顔だった。そんな私に母は、子どもがもう哀しみの表情を浮かべると怒ったが、そう言って涙を見せるのは決まって母だった。私はあの線路沿いでジャンパーをなくしてしまった。わざわざ探すこともなかったし、なくしたことさえ忘れていたが、少女が暖かそうに着ているので懐かしい気持ちになった。触ってみたいのをぐっと我慢しているのに、私の手はいつの間に少女の肩を撫でていた。とても懐かしい感触だった。おかっぱ頭に頬がふっくらした少女は、ジャンパーの間から見える赤いセーターに鶏の頭をくっつけさせていた。少女が抱いているのが鶏ではなく花ならば奇怪ではなかっただろうか。真夜中に都市の新しいビルの前で鶏を抱いている少女の存在は、突然そのマンションから都市の日常性をとり除いてしまった。日常性がとり除かれたマンションはいきなり非現実なものになり、毎日出入りするガラスドアは別の世界への入り口のようだった。私は少女のジャンパーから漂う懐かしさを押しやり、気をしっかり持とうと努めた。触ってはいけないものに触ってしまったと思った。

あの時もそうだった。見てはいけない人間の顔を見てしまったことがある。ウジがわいている大切な人の顔。労働にまみれた腐乱した手。遺書の上をむずむずとはっていたウジ虫。その夏の長い梅雨。その顔を愛していた罪のために私は長いこと顔を上げることができなかった。竜巻のように攻めてくる人生の生々しい姿に、私はびくびくしていた。悪い人生。青春を味わう前に怯えさせるなんて。目を開けたくない数え切れない朝を送った後、私は自信をなくしてしまった。確かな答えと確かな理由が怖くなった。隠れて生きようと思った。どこにも顔を出さないでいようと。さいわい私は美しくなかったので隠れて生きることができた。

私はますます力が抜けてしまった。手と口からむかむかする吐瀉物の臭いがする。帰って、私は少女に言いたかった。このマンションに都会の日常性を戻して帰って。しかし私は何も言えず、少女の横を通ってマンションの中に入った。管理人は椅子に座って深い眠りについていた。エレベーターのボタンを押して眠っている管理人の方に視線を向けるとどこかで、彼はわたしが寝かしたの、という声が聞こえる。不思議な声の余韻に周囲を見回した。辺りには少女しかいなかったが、少女が出すような声ではなかった。二十代の女性の声に、私はもう一度きょろきょろ周囲を見回した。見えるのはクリーム色の壁だけ。変な夜だわ。一階にきて扉を開けたエレベーターに乗り込みながら、私は少女の方を見つめた。少女が私の方に体を向ける瞬間、エレベーターの扉が閉まった。

部屋に戻って、私は彼に手紙を書いた。とても怖いと、何でもないことにも驚いていると書いた。コンサートに行ってきたとも。帰りのタクシーで彼が毎日出社する道を通ったと。その道路で荒涼とした、崩落した橋を目撃したと。鉄筋がむき出しになっていて、辺りにセメントのかたまりが散らばっていたと。

毎日その荒廃した光景を目にするだろう彼のことを思うと胸が締めつけられた。もしかしたら彼は私に苛立っていたのではないかもしれないとさえ思えた。その崩れ落ちた橋と毎日対面しなければならないことに苛立っていたのかもしれないと。しかしそんなことは手紙に書かなかった。私に新しい力がつくまで、偶然あなたに会ったとしても気づかなかったふりをします、と書いて封筒に投げ入れ、眠りにつけずにもんもんとした。

どれくらい経ったのだろう。うつらうつらしていると、ピリリリとチャイムが鳴った。私はそれを待っていたかのようにすっとベッドから体を起こした。長い間消えていた心の奥底の明かりが一つ、パッと灯される音も聞いた。しばらく私のところで休んでいこうとする少女を長く外に立たせていた。ふたたび長いチャイムが鳴って、時計を見つめた。午前二時二十分。明かりをつけスリッパを引きずって玄関を開けた。やはり鶏を抱いた少女が立っていた。夜風の中にしばらく立っていたからか、少女の唇が青い。私は少女を部屋の中に入れた。キッチンでカップ一杯のココアを作っている間、ベッドに座った少女は鶏を抱いて足をぶらぶらさせていた。痩せた小さな足だった。

「これを飲んで、体が温まるよ」

少女は鶏を抱いたままカップ一杯のココアを飲みほした。とてもおいしい、といった表情だ。ジャンパーを脱がない？　私は尋ねる。着たまま寝るのは窮屈だと思うの。少女は何も言わずにカップを床に置いた。

「鶏をベッドに下ろしたらどう？」

私が言うと、少女は忘れていたかのように素直に胸に抱いていた鶏をベッドに下ろした。下ろされた鶏が少女の胸の中に入り込んだ。少女は下ろし、鶏はふたたび少女の胸の中に入る。

「怖がっているんです」

うんうん、まるでトンネルの中から吐き出されるような声。びくっとした私は目を丸くして少女を見つめた。少女の唇は動いてないのに声が漏れている。エレベーターの前で、わたしが寝かしたの、と言った二十代の女性の声だ。

「あなた、腹話術をするのね」

「腹話術って何？」

相変わらず少女の唇は動かない。

「今、あなたがしているように、口を動かさないで話すことよ」

「わたしたちはこうしか話せない」

わたしたち、という言葉に私は少女が抱いている鶏を見つめた。そうなんだ、少女が気にして何も話さなくなるのではと、私はにっこり笑って見せた。

「道に迷ったんです」

「どこに行ってたの？」

「わたしのことを忘れた人のところへ」

目を閉じようとしていた少女が何かを思い出したように上体を起こした。鶏をそっと膝の上に抱えて、ジャンパーのポケットの中からメモを取り出して私に渡す。

「この人を知ってますか？」

少女が口を開けずに尋ねた。鶏が発する言葉のようでもあった。少女が差し出した紙には思いがけず、私に冷たい声で話すようになった彼の名前が書いてあった。

「この人のことはなぜ？」

「わたしのことを忘れた人がどこにいるのか、その人なら知っていそうで」

「……」

「わたしは二卵性の双子だったんです。いっしょに生まれた男の子は二十三歳になっていて、今は軍隊に行っている。毎年の春、お母さんは五十羽ほどのひよこを庭で放し飼いにしていたんです。ひよこだけではない。アヒルとガチョウがいて、子豚とウサギもいた。春、庭のひよこの世話をするのはお姉ちゃんです。お姉ちゃんは縁側の下の子犬やアヒル、子牛やヤギをすごくかわいがってた。わたしはそれよりジャガイモやキュウリ、カボチャのようなものが好きだったけど。庭の井戸端にある花壇にツルバラがありました。二番目のお兄さんが軍隊に行く前に植えたものなの。あの家でお姉ちゃんとわたし、二人が一番好きだったのはそのバラです。クリーム色のバラが咲き乱れると、お姉ちゃんはバラの花をカバンにつけて学校に行ったりしてた。その年の春、バラの木に肥料を与えようと根っこの辺りを掘りました。ところが土の中にいた指ほどに太ったミミズがクワの先で半分に切れてしまったんです。切れたままうごめいていて。わたしは驚いてクワを捨てて部屋の中に飛び込んじゃった。本当にびっくりしたんです。まだ六歳だったんで。しばらくしてどきどきしながら庭に出てみたら、お姉ちゃんのひよこが一羽わたしが投げたクワに当たって死んでいた。お姉ちゃんは死んだひよこを見下ろしながら大声で怒りました。わたしはしくしく泣きながら家を出てきて、そのまま帰れませんでした」

「……」

「春の日差しが気持ちよくて、線路のレールを枕にして寝ついてしまったのです。わたしの頭の上を列車が走っていきました」

「……」

「お姉ちゃんの過ちでもわたしの過ちでもありません」

「……」

「死んだ後、わたしはずっとお姉ちゃんに付きまといました。お姉ちゃんは納屋や橋の下でうずくまっていた。お姉ちゃんが悪かったわけでも、わたしが悪かったわけでもないと、いくら話しても、お姉ちゃんはわたしのことが感じられないようだった。ある冬、お姉ちゃんが線路沿いに出かけて、レールを枕にして横たわるのを見たんです。遊びだったかどうか、わたしには分かりません。ひょっとしてわたしのことを考えていたのかもしれない。向こうから列車が汽笛を鳴らして近づいていました。寝ついたようでもないのに、お姉ちゃんはそのままだった。頭が吹っ飛んだ時の苦痛をお姉ちゃんに味わわせるわけにはいかない。わたしはお姉ちゃんを線路からずるずると引きずり下ろして、脱がしたお姉ちゃんのジャンパーを着てその村から去りました。わたしがそばにいると、お姉ちゃんがわたしのことを忘れられないと思ったから。あちこちをさ迷っていて、数年前にわたしのクワに当たって死んだ鶏に会いました。あの時はひよこだったのに大きな鶏になっていた。わたしたちは偶然死んだ命なので、人の顔を見分けることができません。匂いで感じるのです。もうすぐわたしたちは違う空気の中に行って、違う姿で生まれ変わります。もう一度だけお姉ちゃんに会っておこうと思って出かけたんだけど、長く離れていたのでなかなか見つけられません。やっと居場所が分かったのに、お姉ちゃんは少し前にそこを去っていたりして。これまではしばらくすれば何とかついて行けたのに、今回はなぜか見つからないんです。風の中に散らばった匂いを追ってきて、ここにたどり着きました」

少女の口元についたココアを拭いてあげなきゃ、と私は思いつつも手をあげることもできないほど眠気に襲われた。少女はジャンパーを脱いでベッドの枕元におき、鶏をその上に下ろした。ジャンパーにすっぽり包まれた鶏が首をかしげた。私は眠気と闘いながら、少女を深く抱いてベッドに横たわらせた。ゆっくり寝てから行って。私は手を伸ばして少女の小さく痩せた足の指を触った。鶏がジャンパーの中から首を伸ばして、その長く暖かい首を私の額にのせた。私は二度と戻れないような深い眠りに引きこまれながら、少女をしっかり抱きしめた。冷たくて湿っぽい匂い。どこにいたの、こんな冷たい体をして。手の平で少女の背骨を撫でさすりながら、私はシーツが濡れるほど泣いていた。こんなに痩せて小さな体でどこをそんなにさ迷っていたの。

もう時間です、という声をかすかに聞いたようでもある。少女がジャンパーを着て鶏を抱く姿が目に映ったようでもある。今夜は深い眠りにつきますよ、という声を聞いたようでもある。深く体をかがめた少女が私の顔に頬をつけた時、少女の目からぽたぽた、雨のしずくのような涙が落ちたようでもある。カチャッとドアを開ける音が聞こえ、もう起きなければと考えた。立ち去るあの子を引き止めなければ。しかし思うように体が動かない。睡魔と闘うものの、目を開けることはできなかった。苔のはえた井戸の中のように静かだった。あれほど私の睡眠を妨げていた道路沿いのあらゆる騒音が急に途切れていた。起きなきゃ。私を占領している眠りを追い払い、また追い払う。ようやくベッドから起き上がり、ふらふらと窓際に行った。カーテンを開け、道路を見下ろす。あっ。窓ガラスに手をつけ、思わず額を窓につけた。昼夜を問わず車が疾走していた道路は跡形もなく、数十羽のひよこが大きな鶏といっしょに堆肥をつついている庭が広がっている。アヒルがガーガー鳴きながらバラの茂みの間をよちよち歩いていってはぽとんと卵を産み落とし、ガチョウは長いクチバシで子犬の後ろ足をつつきいたずらをしている。何に驚いたのか、鶏がばたばた羽ばたきながら庭のまん中に集まっては四方へと走り回る。井戸の横の花壇にはクリーム色のバラが満開で、春の日差しが暖かく注がれている。門は遠い道へと大きく開け放たれていて、鶏を抱いた少女がとぼとぼとその道を歩いていた。

*

その夜の後、

私は冷蔵庫の中が空っぽになるまでベッドのまわりで過ごした。そんな日が十日以上も続いた。ベッドに横になっていて背中が痛くなったら床に下り、足を伸ばして座って窓の向こうを眺め、腰が痛くなればまたベッドの上に上がってぼんやりと天井を見つめていた。KBS第1FMに合わせたラジオは午前三時の番組で静かになり、五時になるとまた放送が始まった。ベートーベンの「田園」が聞こえる時もあり、ショパンの夜想曲が流れる時もあった。メモでもしなければ、昨日が今日なのか今日が明日なのか区別もつかない日々だった。そんなある日、ベッドにうつ伏せになっていた私は両方の手の平で自分の顔を支えていた。体の中に隠れていた庭がいっせいにすうすうと息を吹き返し始めたのだ。数えきれない庭が後になったり先になったりして浮かんできた。梨の花が舞い散る春の庭、強い日差しが降り注ぐ夏の庭、裏庭の柿の葉が舞い散る秋の庭、霰がさくさく積もっていく冬の庭が生き生きとよみがえってきた。ベッドに横たわり嵐と吹雪が吹きつける庭を思い出し、背中が痛くなれば床に下りて、暖かい春の日差しが溢れる庭の息吹を聞いた。突然の夕立にびっくりした庭の土がくるくる巻き上がり土の匂いを漂わせる。塀の向こうから押し寄せる庭のつんとする匂いが、幼い妹と弟の手や足の指を包んでくれた。窓の外では連日雨を運ぶ風が吹いていた。靴下をはいたまま眠り、顔も洗わない日が何日もあった。最後に残った食材で作ったオムライスをお盆にのせてベッドの上で食べる時だった。私はようやく、彼が生きていればいい、と考えていた。私といっしょでなくても、どこかで生きていればいい、と。

首のネックレスを外し、手紙が入った封筒に入れて糊で封をした。靴をはいて外に出て、園芸用の小さなシャベルを一つ買った時は春雨が降っていた。雨に降られながら山の稜線に向かって歩けるところまで歩いた。春の気配が染み渡り柔らかくなった土を掘って、木を植えるように黄色い封筒を埋めた。埋まれ。埋まって、埋まって違うものになれ。山を降りる時、雨の中で山鳩がクルックルッと鳴いていていてしばらく心が締めつけられたが、ふり向いたりはしなかった。何ともないと思ったが、目元が少し濡れていた。園芸用のシャベルを空中に投げては両手で受け取りながら声をあげた。生きていればいい。私といっしょでなくても。

あの時、彼のことを忘れるために何通もの手紙を書いていたそのマンションがこの都市にある。今私が暮らしているところからタクシーで基本料金の距離だ。時おりそのマンションの前を通ると、自然と足が止まる。孤独なクリーム色のマンションがすうすうと息をしているようで。あの夜、鶏を抱いて立っていた少女はあのマンションの精霊だったのだろう。わたしのことを忘れないで、と言いたかったのだろう。真夜中、長い廊下に溢れる明かりは依然として静まり返っているだろう。エレベーターは今もチーン、とベルを鳴らして動き、止まるだろう。そして時にだれかに馴染みのない匂いを運んでくるだろう。背を向けて歩く私は必ずもう一度ふり向き、淡々とそのマンションを見あげる。今は他の人がドアを開けて、ふき掃除をし、外を眺めるだろう六〇八号室の窓を。一時はあれが自分の窓だったと考えながら。

＊1【坪】一坪は約三、三平方メートル。
＊2【以北五道庁】朝鮮民主主義人民共和国（北朝鮮）の黄海道、平安南道、平安北道、咸鏡南道、咸鏡北道の五道。南北統一まで置かれている道庁の臨時事務所。

草原の空き家

ツタに覆《おお》われたその家は草原のどまん中にある。

草原を通る人は皆、不思議そうに一度はその家を眺める。なぜあんなところに家があるのか謎なのだ。果てしなく田んぼや畑が続くかと思うと、突然一軒だけ家が建っているので、だれもが目を引かれてしまう。人が住んでいるようではない。長い間、その家に人の気配はなかった。少々不気味ではあるが、それでも窓にかけられた白いレース編みのカーテンからはぬくもりが感じられる。繊細な美しさが際立つカーテンは、編んだ人の華麗な手さばきが見えるようだ。空き家なので行き交う人がそのカーテンをはがしていきそうでもあるが、手をつけるものはだれもいない。そもそも門のようなものはなかったようだ。玄関に向かう急な階段が伸びている。一段、二段、三段、四段……全部で九段だ。空き家にも季節は宿る。夏が近づくと、家はツタにすっぽり覆われる。世話する人などいないのに、どんな青々としたものを吸い上げたのか、ツタはあまりにも艶やかに青い。家の中に一度足を踏み入れてみたいと思った人も、そのまっ青なツタの勢いにおじけて背を向けてしまう。たくましく伸びたツルから生えた艶やかな葉は、風が草原を横切るたびに一枚一枚が青い舌のようにひるがえる。人が立ち入ると、すぐにでもぐるぐる首に巻きつきそうな勢いだ。唯一、葉っぱに覆われてないところは、玄関に伸びたその急な階段だけ。長いこと人が近づかなかったような階段は、青いツタの間からどこかに通じる道のように白く、今日も静まり返っている。

今はだれも住んでいないあの家にもかつて幸せな歌声があったとすれば、人は信じるだろうか。信じられないほどの喜びがあったとすれば。だが、草原の風は知っている。この家にもかつて喜びがあったことを。伝説のようなそんな喜びが。風たちは退屈な日、今でもその女と男の話をする。女と男が初めて草原の中を歩いてきた時の、そのみすぼらしい姿について、二人の恋について。

一人の男と一人の女が、いっしょに暮らす家がなくて夫婦になれなかった男と女が、ある日、この草原を通りかかった。二人はあまりにも貧しくて都会ではいっしょに暮らすことができなかった。悲しみにくれてあてどなく歩いているうちにこの草原にたどり着き、その家の前で足が止まった。家は十分に二人の気を引いた。最初はそっと玄関を開けてみた。次はリビングに足を入れ、さらに部屋の扉を開けてみた。二人を邪魔するものはなかった。二人はそこで一晩泊まってみた。それでも何も起こらなかった。二人は布団を担いできてそこで暮らしてみた。それでも何も起こらなかった。女は床を磨き、洗面所の錆びた蛇口を取り替えた。男は屋根に上って雨漏りがするところを直し、ぐるりと四方を見回した。野と野、遠くの果てに山の尾根が見えるだけだった。その景色は二人がそこで暮らしたいというのを知っているかのように、穏やかに男を眺めている。男と女は泣いた。その家は二人の愛情が見つけた、持ち主のいない愛の巣だと信じた。自分たちに訪れた幸運が信じられなくて、互いの顔を撫でてみた。男は草原から遠く離れた工事現場に出かけて働いた。女はお弁当を作って男のところまで持って行った。二人の願いはいっしょにいることで、草原の家でその願いが叶ったので、二人にそれ以上の望みはなかった。夕方になれば、女は男のために夕飯を作って歌を歌いながら帰りを待った。男は草原に広がる女の歌声を聞きながら幸せな気持ちで帰宅した。それが二人の生活のすべてだった。時おり女は男の手をぎゅっと握って震えた。なぜこんなにも幸せな毎日なんだろう、何かが二人の間に入り込んでこの幸せを一瞬で取り上げたりはしないだろうか、と。すると男はしわのある顔を女に近づけて言った。私たちには失うものがないんだ。この草原は現実ではない。私たちはこのまま夢を見ていればいいんだ……心配はいらない。

女は心配することをやめた。

二人に赤ちゃんが生まれたのだ。子どもが四歳になっても二人を草原の家から追い出すものはなかった。男は熱心に働き、従順な女は子育てに励んだ。廃墟のようだった家は生まれ変わったようにぴかぴかときれいになった。花瓶が置かれ、窓には女が編んだ白いレースのカーテンがかけられた。いつしか男も工事現場の所長となった。以前のように砂やレンガを運ばなくても収入を得られるのだ。娘もすくすく育った。赤いほっぺはぷくぷくしていて、お尻にもかわいい肉がついてきた。子どもはたびたび　ママ、あたしかわいい？　パパ、あたしかわいい？　と尋ねた。子どものそうした甘えに答えるのも二人には喜びであった。二人は草原の空き家が与えてくれたその幸せに感謝した。ところが空き家は、二人にちょうどそれだけの幸せを与えることにしたようだ。

ある日、女は子どもを連れて町に出かけた。メモに書かれた品々を買い、草原の家に戻った。初夏なのに風が異様に吹いていた。女は重い荷物を持っていて、先に立った子どもはよちよちと歩いていた。玄関に伸びた急な白い階段の前だった。一段上がった子どもがふり向いた。久しぶりの外出に疲れたのか、顔が青白かった。それでも子どもはいたずらっぽく尋ねた。

ママ、あたしかわいい？

女は答えた。かわいいよ。一段を上がると子どもはまた聞く。

ママ、あたしかわいい？

女は答える。もちろん、かわいいわ。子どもは三段目の階段でも尋ねる。

ママ、あたしかわいい？

女の荷物はとても重かった。しかし子どもをがっかりさせないよう喜んで答えた。あなたよりかわいい子をママは見たことがない。子どもは嬉しそうだった。女の返事を聞くたびに、ぴょんぴょんとはねる。四段目、五段目、六段目、七段目、八段目、急な階段を上がるたびに子どもは青白くなった顔を女に向けて何度も何度も聞いた。

ママ、あたしかわいい？

あなたが世の中で一番かわいい……女もいちいちそれに答えるものの重い荷物のため手がちぎれそうだった。子どもがもう聞くのをやめてくれたら、はやく玄関でも開けてくれたら、と願った。しかし子どもは九段目の階段に上がると、すぐにふり返ってまた尋ねる。

ママ、あたしかわいい？

女は手にしていた荷物をどさっと下ろした。風にツタの葉がうーうーと音を立てて鳴いていた。かわいいってば！　女は不思議な気持ちだった。抑え切れないある力が一瞬に自分の中に入り込んだようだった。しかし子どもを押すつもりなど、微塵もなかった。ただ子どものお尻をぺちっと、ちょっとたたいてやるつもりで伸ばした手が触れたとたん、子どもは突風に吹き上げられたように、ようやく上がった九段の白い階段から転がり落ちた。ダメ！　女が慌てて階段を降りたが、どうやら草原の家は二人にそれだけの幸せしか与えないことにしたようだ。一滴の血を流すこともなく、子どもはそのまま青白くなって死んでしまった。子どもは息が絶える瞬間にも女に尋ねた。

ママ、あたしかわいい？

ひっそりとした月日が流れた。

立ち直れない、悲しく静まり返った時間だった。男は女を慰めたが、女は笑みを失くしてしまった。男は女に一層の愛情を注いだが、女の視線は遠いところばかり見つめていた。女はあの日の、そのわけの分からない力について考えていた。何だったのだろう。何だったのだろう。まるで何かの触手みたいに自分の中に食い込んできた、その抑え切れなかった力は。女は老けていった。一日で一歳年をとるように痩せ細っていき、かさかさした顔は頬骨がつき出てきた。女はもう男の姉や母親のようだった。そんな中、もう一度二人が幸せになるチャンスが訪れた。その寂しさの中でふたたび子どもができたのだ。二人の愛は新たにできた子どもによって、回復し始めた。女は久しぶりに花瓶に花をさした。生まれた子はまた女の子だった。上の子にとても似ている、あの子が生まれ変わったんだ、と男は女を慰めた。女の顔に笑みが戻ってきた。ようやく遠い山を見つめなくなった。女は少しずつ若さを取り戻し、ふたたび男の妻に見えるようになった。女は子どもを愛した。もしかしたら男よりももっと。子どもに対する女の過度な愛情が心配にならなかったわけではないが、男は女が以前のように戻ったことがより嬉しかった。子どもはすくすく育って四歳になった。女と男は子どものために都会に出て暮らすことも考えてみた。しかし二人にはそんな自信がなかった。以前よりよくなったとはいえ、二人は依然として貧しかった。男はもう少しだけここで暮らそう、と言った。いつか子どもといっしょに都会で暮らせる日が来ると。女は男の言ういつかという言葉を信じた。二人に希望ができた。いつか、という。草原の家はひょっとして彼らのいつか、という希望を妬んだのかもしれない。

最初、女は何も気づかなかった。ただ子どもの手を取って、以前のように生活に必要な品物を買いに町に出かけるバスに乗った。月に一度ぐらいしか行けないので、いつも荷物が多かった。初夏で、異様な風が吹いていた。それでも女は気づかなかった。その日が上の子が死んだ日であることも忘れていた。四年前のあの日が再現されているのに気づいたのは、野原の家の階段の前に立った時だ。女の後ろをついてきていた子どもが、突然女の前の方へよちよちと歩いてきた。階段の前に立ち、最初の階段に片足を乗せると女をふり向いて尋ねた。

ママ、あたしかわいい？

女は荷物を下ろし、ねえ、やめて……とつぶやきながら子どもを抱こうとした。二番目の子はそのようなことを一度も聞いたことがなかった。子どもはそっけなく女の体を避けた。そしてまた尋ねる。

ママ、あたしかわいい？

女は子どもの後をついていきながら、うん、かわいいよ、と答えるしかなかった。冷や汗が出てきた。いったいどうなってるの？　子どもは二段目の階段でまた聞く。

ママ、あたしかわいい？

女は膝がくずおれそうだった。四年前の悪夢がそのままよみがえってくる。女は死にもの狂いで答える。もちろん、かわいいよ。子どもは三段目の階段でも尋ねる。

ママ、あたしかわいい？

子どもの後を追う足に力を入れる。そうよ、かわいいよ。女は心から男を呼んだ。助けて。そうやって九段目の階段になった。女は気をしっかり持とうとした。あの日のような失敗をしてはならない。それだけがこの危機から逃れることだ。子どもは四年前のあの日のように九段目の階段に上がり、青白い顔で女の方をふり向いた。

ママ、あたしかわいい？

気をしっかり持つつもりでもぶるぶると体が震えてくる。そうよ、世界であなたが一番かわいい。子どもは震えている女を不思議そうな顔でじっと見つめた。そして、
なのに、あの時、なぜあたしを押したの？

男が仕事から帰ると、草原の家はがらんとしていた。女も子どもの姿もなかった。急な階段の下に女と子どもが街で買ってきた品物が散乱していた。男は長いこと女と子どもを待っ

た。食事も喉を通らず、仕事にも行かなかった男は、子どもより女のことをもっと待った。しかし女は戻らなかった。夜になると、ツタが男の体をぐるぐる巻きにしては放した。一夜が明けると、男はぐんと痩せていた。ある風の夜だ。男はうずくまってツタの葉のざわめきを聞いた。ママ、あたしかわいい？　男は耳をふさいだ。うん、かわいい……女の弱い返事も聞こえる。夜が明けると、男は青ざめた顔で草原の家を出ていった。そして二度と帰ってこなかった。

草原にはまだその空き家がある。ツタの葉は何を吸い上げたのか、日ごとに艶やかで青々としていく。貧しいあなたがその野原を通りがかり、ひょっとしてその家を見かけたとしても、そのまま通り過ぎなければならない。幸せと歌声はあの一時だけだった。女が編んで窓に飾った白いレースのカーテンが美しくて、そこに住みたくなっても近づいてはならない。夜ごとに艶やかな青いツタの葉と九段の急な階段が、なのに、あの時、なぜあたしを押したの？　うーうーとささやくその声を聞きたくなければ。

鳥よ、鳥よ

――雪が溶けて春が訪れ、

真新しい陽ざしを浴びながら村の新道を横切り、丘を越え、尾根を歩いていた物乞いの女が、何か思い出したかのように渓谷の方へ降りていった。女はせせらぎの音を聞きながら、捨ててあるシャベルを拾い半日も地面に穴を掘った。まだ凍っている女と男の体をその穴へ移し、開いたままの黒い瞳を手の平で閉じてあげた。死臭を放ち腐っていく犬の血のついた目も閉ざしてやり、物乞いの女はまたゆっくり歩いていった――。

しっ、

し、しずかにして

チャグンノム《下の子》はタッタッタッ、井戸の石壁をつたって降りていく。ずっと前に干上がってしまった井戸の底には、三歩もあればつく。井戸の中では昼間から降り積もった絨毯のような雪の上で女がうとうとしている。お腹が空いたことに気づくまで女はそうしているだろう。母屋のナさんは女が井戸の中に忍びこむたびに腰を抜かす。なんて縁起の悪い、ナさんはチャグンノムが井戸からうとうとしている女を負ぶって出てくるたびに、近づこうともせず縁側の方で地団駄を踏んだ。

チャグンノムはまず女を井戸の外に押し出してからはい出る。よろめく女を抱えて歩かせ、手に麻袋を持つ。何かあやしい気がしたのか、縁側の下で青い目を光らせていた犬が走ってきて、チャグンノムと女の影を踏む。

しっ、鳥さん、飛んでいかないで。ゆ、雪さん、しばらくやんでちょうだい。つ、月さんは、雲の中に入っていて。ぼ、僕は帰るよ。吠えないで。呼ばないで。み、みんな、し、しばらく息を殺していて。目を開けないで。ぼ、僕がどこへ行くのか見ないで。ぼ、僕は何も残したくないんだ。あ、足跡まで、ぜ、全部、持っていきたい。

雪の積もった庭は鏡だ。向こうには柿の木が、カササギのために残した干からびた柿をぶら下げた木が映っていて、時々思い出したかのように降る牡丹雪が黒い影を落とす。眠気に勝てずにいる女は素直に片手を取られ、上半身をチャグンノムにもたれかけてくる。チャグンノムは片手で女の体を支えて、もう一方の手で麻袋を持ち、歩くのを妨げる犬を足で押しやる。

犬の青い目が不安げに泳ぐ。ガブリ、犬はチャグンノムに絡みつく。そのせいで目を覚ました女がびっくりする。

隠してください。

線路からチャグンノムに背負われてきた時も今も、女はそれしか話すことができない。数日の間、それさえ言わなくなっていたので、チャグンノムは女を相手することができて嬉しい。

しっ、静かにって。

女は唇に指をあてるチャグンノムに向かってえへっと笑う。チャグンノムはもう一度犬を追い払って麻袋を持ちなおす。追い払われると思ったのだろうか。女を支えたチャグンノムが何歩か足を踏み出した時、絡みつくのをやめたかのように見えた犬が駆け寄って荒々しく袋に嚙みつく。チャグンノムも負けずに犬を蹴とばす。犬に嚙みちぎられた袋から見えるシャベルが雪に照らされて光る。いっしょに行けないんだよ。チャグンノムが背を向けると少したためらっていた犬が、今度はチャグンノムの脛《すね》に嚙みつく。嚙まれた脚を引き離そうと大きく動かすたびに、陶磁器のかけらのような歯の感触が伝わる。ぎゅっと嚙みつけば、チャグンノムの脛にその歯が打ち込まれるだろう。少し歯が緩んだ隙に犬をふり払ったチャグンノムが女を抱えて走り出す。慌てた犬が素早く追いかけて、チャグンノムの脛をガブリと嚙みついては慌てて離す。血がズボンを濡らす。驚いて尻尾を尻につけた犬の歯も赤い。

さいわい母屋では何の気配もない。

チャグンノムはふたたびよろめく女を引きずって歩く。前足をそろえて座るかと思えた犬も、負けずにふらつきながらついてくる。チャグンノムがふり向けば家の方に引き下がるようにして、チャグンノムが前方を向くと素早く間隔を狭める。チャグンノムが袋を地面に下ろしその上に女を座らせると、犬に向かってヒュッと走っていく。犬は耳をピンと立てて逃げ出す。雪の上のあちこちに犬の足跡がつけられる。急いで戻ったチャグンノムが女を起こして歩き出す。しかし犬もすぐに追いつく。チャグンノムが止まると犬も足を止め、チャグンノムがアァーと声にならない音を立てて追い払えば、少し後ずさりながらもついてくる。チャグンノムは腹立たしくなる。声を上げる機会が一度だけあるのなら、今こそだろう。

村の小道を回って新道に出てきたチャグンノムは、新道沿いのクンノム《上の子》の家に目をやる。くぼみのようなまっ黒い焼け跡の上に、雪は紙のように軽く積もる。

雪はどんな音がするんだ？

冷たい音。

夜空の雲は凍りついているが、塀に注ぐ月明かりは柔らかい。愛しているという言葉を、一度だけ世の中の空気と混ぜることができるならば……雪と月光と風に包まれたクンノムの家を見つめるチャグンノムの目に、クンノムのうつろな目が重なりあう。そうすることさえできるなら……心の節々に接ぎ木のように青く固まったその言葉を……チャグンノムは女と袋を持ちなおす。その言葉をこの世に残していくことができるなら……チャグンノムはそっと後ろをふり向く。前足をそろえて座っている犬がチャグンノムを見つめる。それならあの家で過ごしたころに残していきたい。母とクンノムと三人で暮らしていたあのころに。

くぼみのようにこぢんまりとした心地よい家だった。二人が家の内外の宙に手で描いた絵がクモの巣のように重なり漂っていた。音のない、かたつむりの家のように静かな家だったが、三人で暮らしていたころ、二人は騒がしくてたびたび目をぎゅっとつむった。戸を開け閉めする音や箸を動かす音も消えたころが、二人には最もにぎやかな時間であった。部屋の中の二人が騒がしいのも知らず、村の人たちは庭に忍び込んで柿やスモモをとっていった。そんなこと、二人にはどうでもよかった。あのころは麻の布のような陽ざしを心地よい布団のように引き寄せて寝ることもできそうだったから。

チャグンノムが寂しさを感じるようになったのは、母に頼まれたナさんに文字を教えてもらってからだ。母は文字が読めず、クンノムは文字を覚えようとしなかった。母がたびたび鞭《むち》をとらなかったら、クンノムは文字を読もうともしなかっただろう。

ㄱ、ㄴ、ㄷ、ㄹ、ㅁ、ㅂ……ㅏ、ㅑ、ㅓ、ㅕ……ナさんが描いた文字は迷路だった。母と三人で宙に描いた手の絵のように透明ではなかった。ㄱとㅏを合わせれば가《カ》で、ㄱとㅗと組み合わせれば고《コ》だなんて。文字はそれ同士が迷路だっただけでなく、三人の心も乱して離れ離れにした。風の中に、陽ざしの中に描いた二人の手の絵では推し量ることのできない隔たりが、文

字と文字の「間」にあった。それにより三人の間にも隙間ができた。母に、クンノムに、その間のことを話してあげることができなくなってから、チャグンノムは寂しくなった。手の絵だけでは何かが懐かしく物足りなくもあり、足を踏み間違ったようにひやひやすることもあった。その溝がさらに深まることを知りつつもチャグンノムは熱心だった。クンノムが文字を書こうとしないのを母が悲しんでいたからだ。母の悲しみが薄れるのであれば、それでよかった。結局文字は、同じだった三人の距離を変えてしまった。母は文字の分からない人のままで、クンノムは読むことだけができる人になった。それだけは残してやりたかったかのように、チャグンノムが普通に読み書きができるようになると、母は病床についた。ボールペンをつけた小さな手帳をチャグンノムのポケットに入れてやった母が最後に描いた手の絵は、お前はこれを手に入れたので悲しまないで未来を手に入れなさい、であった。

母は知っていただろうか。クンノムに書くのが苦痛だったのは、音を聞くことができなかったからだって ことを。クンノムはㄴにㅏをつければ나《ナ》になるという、ナさんが教える声を聞くことができなかった。ある日、クンノムがチャグンノムに歌の本を差し出した。線が引かれた歌詞には、椿の花が落ちていた。

「涙のようにぽたぽた落ちる椿の花なのです」

クンノムが線を引いたところは、ぽたぽた、だった。

これは何？

チャグンノムは棒で地面に字を書いた。

椿の花が落ちる音。

音？

動くものからは音がする。

なんで分かるんだ？

耳に聞こえるから。

聞こえるって？

クンノムは音を知らない自分の耳を寂しく触ってみた。クンノムは空を横切る雁を見あげ、あれはどんな音を出すんだ、と尋ねた。チャグンノムは棒を握りなおした。ぽるる、と書いたチャグンノムはそれをかき消した。そんなこと言っても音が聞けないクンノムがぽるる、を感じとることができるだろうか。チャグンノムは雁が飛んで行く音を書き直した。

なつかしい音。

それ以来、クンノムは音を聞くのではなく、チャグンノムが書いてくれる通りに読んだ。クンノムは動いているものを見るたびに尋ねた。

水は？

別れる音。

蛇は？

目が閉じる音。

モズは？

門を開ける音。

風は？

眠りを覚ます音。

クンノムが逝って、チャグンノムはなかなか眠ることができなかった。自分が書いてやった、クンノムの静寂な耳の中に閉じ込められたさまざまな音が、チャグンノムの眠りの中に押し寄せて、渦を巻いては漂い、冷や汗となって押し出された。

チャグンノムは女を胸に抱きかかえる。

女はチャグンノムがそれらの音におびやかされないようにしてくれた。女を負ぶって帰ってからは、眠りの途中に目を覚ましても寂しくなかった。寝ている女の痩せた指に自分の指を絡ませるとドクンドクンと音がしたが、その音が女のものなのか自分のものなのか、じっと聞いているうちに寝つくことができた。女はどこから来たのか、どんな人なのか推し量ることは、母の残した悲しまないでという言葉を推し量るように、切なく胸がしめつけられるものだった。

それは指一本動かすこともできないほどチャグンノムの気力を奪ってしまった。そんな時はチャグンノムの耳に溢れていた音が途切れ、ひっそりとした寂しさの中から何かがかすかに手招いたりした。いらっしゃい。ここはだれも覗いたりしない。どんな隙間からでも入って隠れなければならない。井戸も洞窟も覗かれてしまうので、チャグンノムにその手招きは嬉しいものだった。

チャグンノムは急いだ。明け方までにそこに行かなければならない。夜が明けてはいけないのだ。

未来。

母が言った未来とは何だったのだろう。チャグンノムは堆肥を作る最中、稲刈りの最中にしばしば空を見あげた。未来はどこにあるのだろう。ゆらゆらする陽ざしの端にかかっているのだろうか。夏の夜空の銀河のようなものだろうか。訪れてくるものだろうか、訪ねていかなければならないものだろうか。そのどちらでもないとしたら？　文字の読み書きができるようになったので未来を持ちなさいと母は言ったが、それができてからのチャグンノムの心は透明さが失われ、冷え冷えし、霞むばかりだった。

その心はクンノムが持ってきた歌の本の後ろに書かれた数えきれないほどの住所の中から、ある名前に文字を書いて送らせた。未来というのはそんなものだろう、あの遠い向こうを懐かしむものだろうと。郵便配達員がきて、一通の手紙をチャグンノムの鼻の先に突きつけた。

イ・チャグンノム？

チャグンノムはそっと手紙を開けた。

「……たくさんのお手紙の中からあなたの手紙に惹かれました。本当に名前がチャグンノムですか？　私をからかおうとしてますよね？　でも私はそれが好きです。他の人は自分を目立たせようと、もっと格好いい名前をつけているのに、あなたはその逆ですもの。次の手紙ではぜひ本当の名前を教えてください。いいですよね？」

……。

ナさんに最初に教えてもらった文字は〝イ・チャグンノム〟だった。ナさんはそれがお前の名前だよ、と言った。なのに本当の名前だって？

未来との手紙はそのようにして続いた。

愛。

その言葉も手紙で初めて読んだ。未来は愛という言葉といっしょに写真を送ってきた。

「遠く離れたところで、これ以上心を痛めてばかりいたくありません。あなたの顔も知らないまま希望を抱くのが怖いです。愛しています。いままではどこに向かっているのかも分からずに歩いていたような気がします。これからはあなたに向かって歩きます」

未来は本当に歩いてきた。写真の中の大きな顔と違って、ドングリほど背の低い女だった。彼女はチャグンノムを見届けた瞬間、顔をそむけた。あら、笑わせるわ。未来はチャグンノムを目の当たりにし、道を間違ったという表情を隠そうともしなかった。寝る時は、星にもそよ風にも良い夢をみるようにとささやくと言ったドングリのような未来は、静かに門を押しそっと顔を覗かせた時と違って、パタンと門を閉めて行ってしまった。驚いて後をついていくチャグンノムを未来はふり向きもしないで遠ざかり、二度と手紙を送ることはなかった。チャグンノムもそれ以降、文字を書かなかった。

アアァー、声を上げても舌の下からむなしい音だけが漏れる時、チャグンノムは村の外れを歩いた。歩きながら風の音、水の音、列車が走り、鳥が羽ばたく音を聞いた。すると冷え冷えとして霞んでいた心が少し落ち着いた。世のすべての音を聞いて心の中を満たせば、話すことができなくてむなしい気持ちを埋められそうだった。ある日、畑で種芋を植えていたら、先日植えた向こうの畝間《うねま》からほろろと音が聞こえてきた。静かに土の中の音に耳を当てると、ジャガイモの芽が出る音だった。ほろろほろろ、と土の中で芽吹いていた。そこに行けば母も目を開けてくれるだろう。ほろろほろろ。

チャグンノムが二度と書かないと決めていた字を書いたのは、クンノムのためだった。まともな名前もなく、クンノムとチャグンノムと呼ばれるだけの兄弟を近くに住まわせ仕事を与えていたナさんが、もう我慢できないとキムさんとチェさんを連れクンノムの妻が男といっしょに寝ている駅前の旅館に押しかけた後、札束を持って帰ってきた。

ナさんは身ぶり手ぶりで熱心にクンノムを説得した。

家に戻るような女ではないんだよ。このまんまやられるわけにはいかないじゃないか。これで田んぼを買うんだ。しっかり持ってなさい。土地はわしが調べてやるから。

ナさんはクンノムの気持ちが分からなかった。いや、分かりようがなかった。クンノムは札束を前に二日間も座っていた。チャグンノムが時おり部屋の中に食事を入れてやった。クンノムはそれをぼんやりと眺めるだけで手もつけなかった。ふかしたサツマイモも柿も差し入れたままになっていた。

このまま死ぬつもりか！

かっとなったチャグンノムは手を大きくかき回したが、心はひりひりした。三日目になる夜、クンノムはふらふらとチャグンノムのところにやって来た。二人は暗い部屋に明かりをつけてひとしきり宙をかき回した。

字を書いてくれ。

だれに？

義姉さんに。

もう来ないと言うじゃないか。

来る、一度は来る。押し入れの中にカバンがあるんだ。

何て書く？

クンノムはシャツの内ポケットから分厚い本を取り出した。クンノムが広げたページに赤い線が引いてあった。チャグンノムはそれを読んでみた。

「生きていくことは悲しい気がする」

チャグンノムは悲しい気がするという部分をじっと見つめた。

クンノムは端を折った他のページを開いた。

「あなたもそうだろうが、悲しくてもそれに負けない力を持ってほしい」

クンノムがその文章を書いてくれと言うので、チャグンノムは頭をふり、むなしくまた腹立しく手で絵を描いた。

もう字を書かないことにしたこと、知ってるだろう？

一度だけ書いてくれないか？

それで義姉さんをとめたりはできないんだよ。

美しく見送ることはできる。

チャグンノムはクンノムの黒い瞳をぼんやりと見つめた。美しく？　文字でそんなことが？　そんなことができるなど、チャグンノムは一度も考えたことがなかった。チャグンノムはようやくクンノムが線を引いた文章を集めてみた。

「生きていくことは悲しい気がする。あなたもそうだろうが、悲しくてもそれに負けない力を持ってほしい」

チャグンノムがうつ伏せになってクンノムが示した文章を書き写すと、クンノムがチャグンノムの肩をたたいた。

これを持って行くように、と書いてくれ。

クンノムが取り出したのはナさんが置いていった札束だった。

これは兄さんのものだと言ったじゃないか。

チャグンノムは手を止めて、また宙をかき回して言い返した。クンノムも引かなかった。チャグンノムはナさんに聞いた通り、義姉はもう戻らないから金を渡してはならないと言い、クンノムはあの男から取った金を自分は受け取れないと言った。金を受け取るのなら、それは義姉の方だろうと。チャグンノムは義姉が悪い、戻って来ないとばかり手をかき回した。そのうち、その手がもどかしくなってしまった。

それでも俺の気持ちがわからないのか。

自分の胸をどんどんたたくクンノムの顔は青ざめていた。あんなにたたき続けたら胸に穴ができてしまいそうだった。チャグンノムはあんなに青ざめ、あんなに恨めしそうなクンノムを見たことがない。悲しい気がするというのは、ああいうことだろうか。

だれが俺のそばにいたいだろうよ。お前の義姉さんも同じなんだ。列車に乗って遠くへ行け、とも書いてくれ。

チャグンノムはしかたなく付け加えた。

「生きていくことは悲しい気がする。あなたもそうだろうが、悲しくてもそれに負けない力を持ってほしい。この金で列車に乗って遠くへ行けばいい」

それでも足りなかったのか、クンノムがチャグンノムを見つめている。

微動だにしないクンノムに押されたチャグンノムはまたくねくねとした字で、そして幸せになれ、と書きそえた。手紙を書き終えると、クンノムはやっとチャグンノムが用意した食事を口に運んだ。食事を終えよろよろと歩くクンノムの後について行くと、クンノムは押し入れを開けて義姉がまとめておいたカバンの中に手紙と札束を入れた。カバンを閉めようとしたクンノムは何を思ったのか、義姉がよくはいていた長いスカートを取り出してしばらく立ちつくしていた。

チャグンノムは村のはずれの方へと向きを変える。

もう犬を追い払ったりはしない。

今自分が犬を追い払ったように、いつかクンノムが自分にそうしたことを思い出したからだ。幼いころ、クンノムとあのくぼみのような家で暮らしたころ、チャグンノムは同じ年ごろの子どもたちが唇を丸く四角くに動かし、放したりくっつけたりしながら言葉というのを発することを知らなかった。門を開けてそっと外を覗くと、子どもたちは朝顔のように唇を開いたり閉じたりしていた。そのたびに音楽のような音がするようだった。チャグンノムは口を開き、アー、の形にしてみた。うん？　皆が出す音楽を自分は出すことができない。チャグンノムは目を大きくして辺りを見回した。自分だけではない。クンノムは人の唇が朝顔のように開いたり閉じたりするたびに音楽が流れることさえ分からなかった。それに気づいてから、チャグンノムはクンノムのそばに寄り添っていた。子どもたちの中で自分たちだけが口の中からむなしい風を漏らしていたから。僕たち二人だけが同じなんだ。チャグンノムはクンノムのそばを離れなかった。できればクンノムの影の中に入り込みたかった。すると二人は離れずにいられるだろう。

あの時、クンノムはどこへ行こうとしたのだろう。

どうしてもチャグンノムを引き離そうとした。あまりにも頑なだったので、チャグンノムも離れることができなかった。一人でどこ行くの？　あの時クンノムはどこへ行こうとしたのだろう。理由は分からないが、チャグンノムはクンノムを一人で行かせてはならないと思った。六歳ごろだったろうか、それよりも後のことだったろうか。春だったろう。クンノムが自分を引き離そうとした道が青くよみがえる。山道にはヨモギが伸びていて、横を通るだけでもぷーんと苦い匂いがしていて、蝶々のように咲いている何本もの山桜の下を通るクンノムは、何度もチャグンノムを追い払い、ついには桜の枝を折って容赦なくチャグンノムの背中をたたいて逃げ出した。痛くて泣き出しそうだったが、涙でクンノムを見逃すのではないかと痛みをこらえて追いかけた。クンノムがふり向けば木の後ろに隠れ、歩き出せば後をつけ、またふり向けば岩の後ろに隠れ、また歩いた。尾根を通り大きな峰にたどり着いたころ、ようやくクンノムはチャグンノムを追い払うのをやめた。広い野原が見下ろせる岩の上に座った時は、桜の枝で殴られ血が滲んだチャグンノムの背中を、自分のシャツを破って拭いてくれた。

ずっと登っていけば空にたどりつくのかなと思って。

背中を拭いてやりながらクンノムが手で描いた絵は虚ろだった。

登っても登ってもたどりつかなかったら、あの下へ飛び降りようとしたんだ。

クンノムが指さすあの下が急な崖だったので、チャグンノムはクンノムの横にぴたっとくっついた。兄さんが行くのなら僕も行こう。

四方は一瞬に吹雪になった。チャグンノムと女は吹雪の中を歩いていく。道なのか畑なのか畔なのか、見当もつかない傾斜地の方へ足を運ぶ。雪に風が加わる。吹雪の向こうから犬が寂しそうに後をついてくる。

クンノムが言った通り、義姉がやってきた。どこを歩いてきたのか、体いっぱいに春の夜の匂いをつけて、ナ家の離れのチャグンノムを訪ねてきた。義姉は赤と黄色が混ざったセーターのポケットからくるくると巻かれた紙を取り出した。紙の中から鉛筆がぽろっと落ちてきた。義姉は澄ました顔で座り、膝を下敷代わりにして何かを書いてチャグンノムに差し出した。

「お兄さんの家の押し入れの中に私のカバンが二つあります。持ってきてもらえますか」

チャグンノムはその紙を細かく破って義姉の膝に飛ばした。義姉は黙っていた。義姉の爪には黄色いマニキュアが塗ってあった。たまに村の女たちの爪が赤く塗られたのは見たが、黄色は初めてだった。チャグンノムはカレンダーをはがしてきて、その上に大きな字を書いた。二度と書かないと決めていた文字だった。

「なぜですか?」

義姉は爪の黄色いマニキュアをはがしていた。

「ここでは暮らせません。お兄さんも私を許してくれないだろうし」

チャグンノムはそんなことない、違う、と書き、義姉もそんなことない、違う、と返した。

ここでは絶対暮らさない、クンノムの顔も見たくない、どこか遠くへ行く、とも。だれと行くのかと尋ねると、しばらくうつむいていた義姉は顔を上げ、ただ遠くへ行く、だれともいっしょに暮らさない、と同じ言葉をくり返した。チャグンノムはナさんが置いていった札束の前で深い穴のように座っていたクンノムの心をどうにか義姉に伝えようと、いら立ったり、やさしくなだめたり、宙をかき回したり、力を込めて字を書いたりした。

「どこへ、いったいどこへ行くと言うんですか？」

義姉もまたふくれていら立ったように殴り書いた。

「分かりません」

明け方になって、チャグンノムは義姉の心を取り戻すことはできないことが分かった。それならクンノムのところではなく自分のところに来てよかったと思った。義姉はすでにどこかへと向かっていた。

クンノムの家には明かりがついていた。義姉が家を出てから、クンノムは明かりをつけっぱなしにしている。クンノムは知っていたのだろう。一度は来るはずの義姉が訪ねてくるのが夜だということを。クンノムは音を聞くことができないので、こそこそする必要などなかった。それを知っていながらも細心の注意を払ったせいで、押し入れを開けてカバンを持ち出すのに十分以上もかかった。焦っていたチャグンノムの手から二個目のカバンが滑り落ち、ばたっと音を出したが、クンノムの耳は空虚だった。何をしようとも、クンノムの耳は烏のようにまっ黒な闇だった。

その夜、義姉を送ったチャグンノムはクンノムのことを思い胸がひりひりとした。豆の芽生える音、風の音、小川の音、種芋の芽吹く音、葛《くず》の根がぐるぐる木の根っこにからまる音、そんなことがクンノムに何の意味があるというのか。来ていることも知らないのに、何のために明かりをつけておいたんだ。義姉がカバンを取り出しやすいように？　チャグンノムの目の前が滲んできた。義姉が持って行ったカバンの中には、ナさんが男から受け取った札束とチャグンノムが書いた手紙が入っているはずだ。

「生きていくことは悲しい気がする。あなたもそうだろうが、悲しくてもそれに負けない力を持ってほしい。このお金で列車に乗って遠くへ行けばいい。そして幸せになれ」

義姉が訪ねてきた後、夏の間じっとしていたクンノムは、乾燥したゴマのさやが裂けてトットッと弾ける夜、義姉と暮らした家に火をつけた。燃え上がるクンノムの家は秋の夜の花火のようだった。火を消すために飛びかかる村人たちに向かってクンノムは包丁をつき出した。刃物よりクンノムの目から飛び散るまっ青な火花が恐くて、ナさんさえ近寄れなかった。秋の夜、クンノムの家はごうごうと燃え上がった。遅くまで耕運機でナ家の遠い田んぼのわらを運んで眠りこけていたチャグンノムが目を覚ましたのは、すでに家の半分が燃えた後だった。庭に飛び降りたチャグンノムはクンノムの家の洗濯紐を支えていた竿をふり回して、クンノムをなぎ倒した。なんだ、これは！　いったいどうした！　チャグンノムとナさんが庭の桐にクンノムを縛りつけた。激しく体をよじるので、てっぺんについていた桐の実がぱらぱらと落ちてきた。クンノムは桐の実に打たれながら自分がつけた赤い火に水をかける人々を恐ろしい目でにらみつけていた。火が消えるころ、クンノムは気を失った。それが間違いだったろうか。そのまま燃え尽き、灰になるようにしておくべきだったろうか。そうしたらクンノムの気が晴れただろうか。そうしたら線路を枕に横たわったりしなかっただろうか。列車は横たわったクンノムの頭の上を走っていった。列車が止まった時は四方に血の臭いがしたが、クンノムの頭は見えなかった。弾き飛ばされた四肢を集めるため血の臭いがするところを探し歩かなければならなかった。

列車はどんな音がする？

過去から逃げる音。

クンノムは義姉に遠くへ行くようにと言って、自分はもっと遠くへ逃げた。

斜面を越えると空と尾根すべてが雪だ。月の明かりだ。積もった雪に膝まではまる。犬に噛まれたところが雪に触れてひりひりする。

隠してください。

こんな大雪は初めてなのか、おとなしくしていた女が声をはり上げる。女のすべての言葉は隠してください、だ。隠してください。隠してください。

チャグンノムが追い払うのをやめると、犬は安心したように後をついて来る。雪が深くて時々腹で雪を押しているかのように見える。

声を上げていた女が雪の上に崩れる。チャグンノムに抱えられてきたが、それにも耐えられなくなったようだ。耐えるというのがどういうことなのか、女は知っているだろうか。それをほんの少しでも分かっていたなら、ナさんがあれほど女を追い出そうとはしなかっただろう。寒いのか、崩れた女が体を丸める。女の息が荒いのは、夕飯を釜ごと無我夢中で食べたからだ。女はいつもそうだ。気が抜けたように座っている。でなければえへっと笑う。飯釜を隠しておけば、サツマイモを生のまま六つも七つもかじる。そして寝る。他に女にできることはない。

クンノムの四肢を集めて土葬した墓に芝生をかぶせたら、秋が終わっていた。

野原は空っぽになり、空もがらんとしていた。チャグンノムはがらんとなったクンノムの家を正視することができなかった。いつでも部屋の扉を開けてクンノムが入ってきそうで、村の小道を回ればクンノムの後ろ姿を見つけられそうだった。チャグンノムは生まれて初めて音を聞くことができるのを苦しく思った。残り少ない柿の葉が夜風に落ちる音にも、クンノムかと思い部屋の扉に手を伸ばした。扉の取っ手から手を離すと、クンノムが義姉宛てに書かせた手紙のことが思い浮かんだ。

「生きていくことは悲しい気がする」

チャグンノムがクンノムを少しでも忘れることができたのは、クンノムの家を静かに見つめることができるようになったのは、女に出会ったからだ。青唐辛子の初摘みと二番摘みが終わり、爪ほどの三番摘みの実が霜に見舞われ、それを抜き取って帰るところだった。村には山道に沿って降りてもいいが、チャグンノムはわざわざ線路に降りてきた。

子どものころ、母は兄弟にやってはいけないと言う事柄などなかったが、線路に行くことだけは固く禁じていた。やさしい母が行くんじゃないと怒るかのように言うので、二人は暇さえあれば線路沿いに行った。

そこに何があるの?

クンノムとチャグンノムは線路横の土手に二人が入れるほどの穴を掘った。そこで腹ばいになり線路を眺めた。そして待った。母がなぜここに来るのを禁じるのかが分かる、何かを。しかし二人が見たのは、両側の遠く、曲がった先から数えきれないたくさんの窓をつけた列車が飛び出し暴音を轟かせて二人の前を走っていく、それだけだった。しかもクンノムはその音を聞くこともできなかっただろう。ただ長いものが滑るように、冗談のように目の前をかすめていく、それだけだと思っただろう。

ある日、二人はその穴の中を覗く母と目が合った。

家に帰った母はまっ青になって細い竹を切ってきた。母は顔を撫でてやり、下がったズボンを引き上げてやり、爪を切ってやったその手で、二人のふくらはぎを血が滲むほどたたいた。夜が深まり、ようやく気がおさまった母はお湯で濡らした手ぬぐいを絞り、あざができたクンノムとチャグンノムのふくらはぎにやさしくあて、ひとつの物語を宙に描いて聞かせてやった。

……昔、妻と二人の子どもをもつ、話すことも聞くこともできない男がいたんだ。自分の力だけでは家族を養うことができなくて、遠い道を歩いて、この村に住む兄を訪ねてきた。だけど兄は門を開けてくれなかった。門の外で立ちつくしていた家族は村の線路沿いに行った。そしてみんなでレールを枕にして線路の内側に体を横たえたんだ。列車が通るのを待つことにしたのよ。しかし本当に列車が現れると、恐くなった奥さんが子ども二人をかかえて線路から飛び出たさ。そこには行くんじゃない。いつでも一人で逝ったその男が引き寄せるから……。

ふくらはぎの傷がいえるころ、チャグンノムは話すことも聞くこともできなかったというその男の話など忘れてしまった。もう線路沿いに掘った穴の中に入ることもなくなった。しかしクンノムは忘れずにいたのだろうか。母が言ったように、話すことも聞くこともできない男が本当に人を引き寄せるのか知りたくて、線路のレールを枕にして横たわったのだろうか。そのうち寝入ってしまったのだろうか。

クンノムの墓の上に芝生をかぶせて帰る道、チャグンノムは二人が幼いころに掘った線路沿いの穴が残っているのか探してみた。驚いたことに穴はそのままで、地面にはわらと服までが敷かれていた。穴は子ども二人が腹ばいでやっと入れるほどのものだったが、チャグンノムがそのまま入っても余裕があった。新たに深く掘ってあるのがすぐに分かった。暗闇に目が慣れると、チャグンノムは地面に敷かれているのが義姉の長いスカートであるのに気づいた。クンノムが一人でここに？　穴の中に閉じ込められた風は一度も外に抜けたことがないように、わんわんとまっ黒な音がした。その音は線路のレールに耳を当てて聞いた音に似ていた。チャグンノムはその風の中で崩れるように倒れた。なぜ母がここに来るのを禁じていたのか、今では分かる気がした。

線路沿いを歩くチャグンノムの後ろを女がついてきた。チャグンノムはただ通りがかりの他の村の人だと思った。女に道を譲るつもりで土手に上がると、女もチャグンノムについて土手に上がり、チャグンノムが穴の中に入るとその中までためらわずについて来た。女の目は焦点が合わず、チャグンノムを意識しているのかさえ疑わしかった。ただ何かゆらゆらするものの後を追うように、ふわふわとついて来てはえへっと笑った。

隠してください。

女はつぶやいたが、チャグンノムの横に座るとまもなく寝ついてしまった。列車が三回も通ったが、女は目を覚まさなかった。女が薄着だったので、チャグンノムは地面に敷いてある義姉の長いスカートを女にかけてやった。それでも女は体を震わせたが、目を開けようとはしなかった。穴の外が暗くなり、チャグンノムは女を負ぶってクンノムが横たわっていた線路を通って家に帰った。

驚いたナさんが女の体を受け取って部屋に寝かせた。

だれだ？

女がだれなのか、チャグンノムこそ知りたかった。ナさんが女についてあれやこれや聞いてきたが、チャグンノムは首を横にふることしかできなかった。ナさんより女について知っていることは何もなかった。

夜中にがりがりという音がして目を開けると、女が部屋の隅に保存してあるカマスの中の、土のついたサツマイモをかじっていた。起き上がったチャグンノムが包丁を持ってきて、サツマイモの皮をむいてあげた。女の食欲は凄まじかった。チャグンノムがサツマイモの皮をむくと、口に運んでいない手を伸ばした。食べるよりむくのが遅いほどだった。

女の食い意地がひどくなかったら、ナさんの家族もそこまで女を嫌ったりしなかったかもしれない。女に我慢ならなかったのは、ナさんよりその妻だった。女は腹が減ったと思えば、いつでも裏庭にあるチャグンノムの部屋を抜け出てナ家の母屋をかき回した。飯かごが地面に落ち、汁の鍋の蓋《ふた》が開けられ、保存してある大根のカマスが広げられていた。そしてナさんの手に引きずられてチャグンノムの部屋に戻された。

どうするつもりだ？

自分の身の回りのこともできなくて、何でもかんでも人の手が必要な女をどうするつもりだ？　飯でも炊ける女を探してみるから、あの女は送り返しなさい、と話すナさんは、やがて首を垂らして帰るのだった。クンノムのことがあるからだ。義姉を連れてきて二人が暮らせるようにしてやったのもナさんだが、義姉がクンノムのところへ戻れなくしたのもナさんだった。男三、四人を連れて行きおおっぴらに晒し者にしたので、義姉もこの村には目も向けたくないだろう。家に戻るような女ではなかったからだとナさんは言うが、相手の男から札束を受け取ってきたがために、クンノムは義姉を待つことをやめた。それがなかったら、クンノムはいつまでも義姉を待っていただろう。とんでもなくむなしいことであっても、それはクンノムが生きる支えになっただろう。男から金を受け取るようなことがなかったら、義姉の帰りを待つクンノムが線路に横たわるようなことはしなかっただろう。

雪がますます深くなる。右脚を抜き出すと左脚が雪にはまり、左脚を抜き出すと右脚がはまる。遠くにある木も近くにある木も雪に埋もれ小さくなり、松葉がフルフルと震えている。チャグンノムは道に迷わないことだけに注意を払った。雪さえなければ簡単に行けるが、白く覆われた道では少し踏み間違うだけで、向こうの村に出てしまうことがある。迷ったせいで明け方になったら、扉は開かないかもしれない。

隠してください。

力尽きた女がまた崩れ落ちる。夜風も雪も月明かりも女の眠気を妨げることはできない。雪の上で眠るつもりだろうか。チャグンノムは麻袋を下ろして女を負ぶう。こうした方がいっしょに歩くより早いだろう。背中に大きなボールのような女のお腹がそっくり伝わるが、女は大根の束いくつかの重さしかない。本能的にチャグンノムの首に巻きつけてきた女の腕の方が息を苦しくする。

女が身ごもっているなど、チャグンノムは思いもよらなかった。家に負ぶって来た時はふっくらしていたお腹が、二ケ月も経たないうちにどんどん大きくなったとばかり思った。お腹のせいで着ているセーターのボタンが自ずと外れた時は、おかしくなったほどだ。だれかが毎日女のお腹に風を吹き込んでいるようだった。それが風を吹き込んだいたずらではなく、本物の子どもが入っているからといって、女と暮らしたい気持ちに変わりはなかった。しかしナさんは違うようだった。それでなくとも女をチャグンノムから引き離そうとしていたので、大きくなってくる女のお腹は絶好の口実となった。

ナさんはチャグンノムを精米所に行かせた後、女を線路沿いまで連れて行き、そのまま一人で帰って来てしまった。精米所から戻ってきたチャグンノムが女を探し回っても知らん顔していたナさんは、夜になってもまっ赤な目をして庭で大の字になってばたばたするチャグンノムに言い放った。

あそこで会ったと言うんで、そのまま行けるように連れて行ってやったんだよ。

女を探し出したのは線路沿いではなく井戸の中だった。女はいつの間にか戻ってきて、井戸の中に入っていた。水が干上がってからは覗くこともなくなった井戸の中にナさんの長男が石を投げ入れていた。不思議に思ったナさんとチャグンノムが近づいてみると、中に女が小さくなっていた。仰天したナさんは後ずさり、うれしくなったチャグンノムは井戸の中に降りて女を背負って出た。子どもが投げ入れた石ころが女のスカートの上にこんもりとなっていた。それからも何度か女を追い出したが、女はそのたびに戻ってきて井戸の中に入り込んだ。

井戸の中で眠っている女は何をしても起こすことができなかった。井戸の中ではご飯もサツマイモも大根も要らないようだった。外の世界が女を惑わすのだろうか。井戸の中にいる女は魂が抜けたような顔でも、えへっと笑う顔でもなかった。浅い眠りについた女は気持ちいい夢を見ているように穏やかだった。そのまま井戸の中に布団を敷いてあげたいほど。

追い出しても戻ってくる女のため、ナさんは何度も町に出かけた。

俺を薄情だと言うだろうけどよ、気も確かでなく、しょっちゅう縁起悪く井戸の中に入る。

女はそうだとして、どんどん大きくなっているお腹の子はどうするつもりだい？　市立病院に送るんだ。そこで子どもを産ませて、後のことはそれから考えるんだよ。

ナさんの話が女にも分かったのだろうか。ナさんが病院に送るという話をしてから、女は井戸から出ようともしなかった。ナさんはまったく縁起が悪い、と舌を打ったが、女は井戸の中で子どもを産み、そこで暮らしたがっているようだった。

そうすれば女は幸せだろう、チャグンノムにはそう思えた。

チャグンノムは尾根を通り谷間へ降りて行く。吹雪がさらに強まる。雪の重さであちこちからバキッと枝の折れる音がする。そのたびに黙って後をついてくる犬がキャンと吠える。一羽のキジがパタパタと飛んでいく音に、山の下でカーブを走る夜行列車の轟音が混ざる。チャグンノムは耳を澄ます。静かだった線路の上の風がぴいぴいと鳴って渦巻く音が聞こえる。

女に出会わなかったら、チャグンノムもクンノムのようにあの穴の中に出入りしただろう。そしてある日、ふと昔の母の言葉通りに一人で死んだ男が自分を引き寄せるのかが知りたくて、線路に横たわったことだろう。

遠くから川のせせらぎが聞こえる。

吹雪の中でチャグンノムがふいに冷たく笑う。

そろそろなのだ。

そこは川が流れている。

川は凍ることなく、積もった雪の下を流れているのだ。

子どものころのクンノムとチャグンノムはその川に互いを押し込んだり二人で入ったりした。谷間には古い松の木が雪をかぶった枝を引きずっている。尾根を越えたからか、谷は低く平らになっている。谷間は突然入り込んだ者のために騒がしくなる。樹齢五十年はあるだろうナラガシワの穴からイスカなのかヒガラなのかシジュウカラなのか、パタパタと翼を広げて飛んで行く。アナグマなのか野ウサギなのか分からない、足の短い生き物も悲鳴をあげて走りさる。

チャグンノムは川のせせらぎに導かれもう少し歩く。

雪をかぶった木々は小麦粉をこねて立たせたおかしな生き物のようだ。地面に染み込むか宙に跳ね上がろうとしたものの、何かに捕まえられたかのように及び腰みたいだ。それらの間から母の墓がよそよそしいものとして目に入る。いつもは青い草がなびいていて、こんな雪の積もった季節は初めてなのだ。

手から麻袋が滑り落ちてくる。首に巻かれていた女の手もスルスルと解かれる。気をつけて女を地面に下ろす。寝ついてしまったのだろうか。女は雪の上にゆっくり崩れ落ち、少し体を丸める。

雪の中を歩く時は汗で額や背中や腰が湿っぽかったのに、足を止めるとあっという間に体が冷えてくる。女も同じなのか、丸めた体をさらに小さくする。チャグンノムが犬を手招きする。少し離れたところでぼんやりこちらを見つめていた犬は右へ左へ足踏みしながらうろうろしている。あんなに追い払っていたチャグンノムがやさしく呼んでくれるのが疑わしいようだ。谷間のどこかで大きな木の枝がバキバキと折れる。犬はやっと用心深くチャグンノムに近づく。チャグンノムは女の両手を犬の毛の中に埋めてやる。

そうして彼らは少し休む。

汗がすっかり冷えて手がかじかんでくると、チャグンノムは麻袋のひもを解いてシャベルを取り出した。雪明かりに、月の光にシャベルが光る。

どこをそんなにさ迷っていたのだろう。

凍った地面に当たるシャベルの音が荒涼とした静寂を破ってコツンガツンと鳴り響く。いざシャベルを動かすと怖くなり、チャグンノムはしばらく息を殺す。そこに行こうとするのは女にとって失望なのだろうか、喜びなのだろうか。冷えた体にまた汗が滲んできた。しばらく掘っていたチャグンノムが雪の上にシャベルを投げ出し、冷たくなっていく女を抱きしめて墓をたたく。

母さん

……

母さん、開けてください

……

チャグンノムです。の、飲み込んでください

少し、少しずつ墓の口が広がる。板が裂ける音がして痩せ衰えた両手がギシギシときしみながら滑り出る。しんしんと降り注ぐ雪がやんだ。風が静かだ。月は凍りついた雲の後ろに隠れる。キジなのかアナグマなのか、翼があり脚のある生き物たちが目を閉じる。犬の目だけに青い稲光が走る。犬は後ずさっては近寄り、悲鳴を上げては雪の上を転がる。キャン、キャーン。苦しそうな青い目は血まみれだ。二人の体はすでに中に入っている。下へ下へ、限りなく心地よいくぼみだ。どこをそんなにさ迷い歩いていたのだろう。

オルガンのあった場所

ある動物園でのことだ。一羽の雄孔雀はとても幼いころから象亀と金網を隔てて暮らしていた。両者はそれぞれ言葉も、体つきも、容姿も大きく異なっていて、簡単に親しくなれるような間柄ではなかった。いつしか雄孔雀はつがうほど成長した。雌の心を射抜くためには、あの素晴らしい羽を広げなければならないが、その孔雀は雌の前で何の反応も示さなかった。そして、象亀を前にしてその優雅な羽を広げて見せた。雄孔雀は生涯象亀を相手に報われない恋をした……卵から孵化したばかりの鴨《かも》は、おおよそ十二から十七時間の間が最も敏感である。鴨はこの時に見たものを生涯忘れない。

パク・シリョン『動物の行動』から

村へと入る道には、ちょうど春が訪れて、
目に映るすべてが美しかったです。山は緑で……その新緑の間からあわいピンクのチンダルレ《ツツジ》が……その間に……また……ところどころ黄色い絵の具で塗りつぶしたようにレンギョウが入り混じり……辺りはぱっと明るかったです。そんな景色に心が和らいだりもしましたが、すぐに寂しくなったりもしました。美しいものを見るといつも悲しくなると言っていたあなたのその気持ちに、私も染まったようです。若葉色の春の山に白くまだらになった山桜が目に映った時は、とうとう私の化粧は崩れてしまいました。

あの、向こうから、家が見えてきましたが、

私は、すぐ家に入ることができず、人気のないがらんとした村を一周し……それでもまだ入ることができず……うろつきながら騒がしい鳥の鳴き声を聞きました。ポプラを見あげると、つがいでしょうか。二羽のカササギがせっせと巣を……巣を作っていました。二羽がこまめに木の枝や葉を運んでくるのを、しばらく見あげていました。

この村に戻ったのは、あなたにこのような手紙を書くためではありません。こんな手紙を書くためだなんて。私はあなたといっしょに発つことにしたのに。

見知らぬところへ行こう。

あなたが私といっしょになると決めた時、私はあまりにも眩しくて夢だろうか……夢だろう、こんなことがまさか私に……この私に訪れるなんて、夢だろう、と思いました。

夢かしら、と私は夢うつつなのに、罪と言えば罪だろう、と言いながらあなたは本当にこと

を進めました。あなたと知り合ってからのこの二年間、崩れていくばかりだった私にこんなにも明るいことが、スポーツセンターの仕事をやめてからも夢のようで、あなたに何度も何度も確認をしてはまた、涙……が。

この村を訪れたのは、あなたにこういう手紙を書くためではありませんでした。いったん出発してみようというあなたに、私は自分の命を……この命をあげたかったです。ただ出発前に、何も知らない両親に会っておきたいと思いました。あなたといっしょに飛行機に乗れば、両親とは二度と会えないのではないかと思ったからです。

汽車から降りた私は、まっ先に駅構内の水飲み場に行って手を洗いました。十五、六年前、高校を卒業して村を離れる時、私はその水飲み場で手を洗いました。それからは村に戻る時も離れる時も、私はそこで手を洗いました。何の思い入れもなくできた習慣は今回も例外ではなく、いつの間にか私はその場に立っていました。それなのに、いきなり私の中のだれかが聞きました。あなたはなぜこの村を発つ時も戻った時もここで手を洗うんだ、と。私はそれに答えることができませんでした。そこで手を洗って村に入れば、都市であったことを忘れられると思ったからでしょうか。手を洗って村を離れれば、この村であったことが忘れられると思ったからでしょうか。それともただ習慣になってしまったからでしょうか。あの日、水飲み場で時計を外しておいたことを家に戻って気づきました。その黄色い時計はあなたからのプレゼントです。私の手首で日差しを受け輝いていた、時針と分針と秒針をきれいに見せていたガラスには、あなたの名前のイニシャルが刻まれていました。

私の胸の中で広がっているこの波紋を、あなたにどう説明すればいいのでしょう。果たしてその波紋は説明できるものなのかさえ、私には分かりません。しかしわけが分からないでいるあなたがそこにいるので、私はなんとかこの気持ちを伝えなければなりません。それはもしかしたらあなたに理解してもらえないものかもしれません。たとえそうだとしても、自分にできることをする、それが私のすべきことであるのを痛いほど理解しています。この拙《つたな》い手紙を読んでもあなたが寂しく思われるのであれば……その時はまたどうすればいいのか……。

川の水……川の水は、つねに……つねに流れています。その流れは自然なものですが、どういうわけか、私にはその川といっしょに流れると決めたことが、あなたにすべてを託そうと、いいえ、こういう話をするのではありません、ただ、私にはどうすることもできない痛みが残るということを分かっていただけ……いいえ、違います。

あの女《ひと》……あなたにあの女の話をしなければなりません。

あれほどためらってから入った家は、がらんと……がらんとしていました。だれもいない家の縁側に座って表門を眺めたことがありますか。開けっぱなしの門からだれかが庭に入ってきてくれないかなと思いながら。庭には春の日差しが溢れていました。門のそばにあるブドウ棚の上に一羽のウズラがぽるると降り立ちました。ウズラはしばらくきょろきょろと辺りを見回しては、ふたたびぽるると空に線を引いて飛んでいきました。不思議なことです。ウズラを追いかけていた視線を門に戻した時、私の中で慣れ親しんだある感情が恐れを突き破って溢れ出ました。私は目を大きく開いて、ペンキのはがれた青い門を見つめました。いつかこれと同じ光景が自分の人生を突き抜けていったことを、思い出しました。笹が茂っていたところはアスファルトが敷かれましたが、それから何年も経ったある春、そのアスファルトを突き抜けて竹の子が出てきたそうです。私の心にもそのような動揺が起きました。五歳だったでしょうか、それとも六歳？　末の妹が生まれた年なので、六歳ですね。私は縁側の端に座って開いた門からだれかが入ってくることを待っていました。待ちわびていたので、母だったのかもしれません。その時、あの女が現れました。女が庭に入ってきた時、私はつま先にぶら下げていた黒いコムシン*1をポタッと、落としてしまいました。庭に溢れる晩春の日差しを率いたように華やかな女でした。それまで私はあれほど色白の女性を見たことがありませんでした。村から一度も出たことのない幼い私が目にしたのは、汗に濡れた手ぬぐいを頭にかぶっている女、法事のお膳にのせるガンギエイの皮をがむしゃらに剝がしている女、顔のしわの間まで汚れた汗が滴る女、カボチャを植えるための穴に下肥《しもごえ》を注いでいる女、照りつける日差しの下で唐辛子の苗木を植える女、味噌の中にわく虫を平気な顔で取り除く女、山から背負子いっぱいに薪を担いでくる女、エゴマの葉についた青虫を噛んでもそのまま飲み込んでしまう女、仕事の合間に飲むマッコリとクワと腕抜きの入ったかごを脇に抱えている女、かまどの火をくべていた火かき棒で言うことを聞かない息子を殴る女、コムシンに黄色い土がべったりとついている女、縁側に背中をつけた途端にいびきをかく女、太いふくらはぎには田んぼのヒルに噛まれた傷が三、四ケ所はある女、季節を問わず肌荒れしている女……そんな仕事に明け暮れ、亀の甲のようにひび割れた手をした強情な女ばかりです。だからあの女の色の白さに目が丸くなったのは当然のことだったのかもしれません。

家の畑はどこ?

女が近づいて私の肩を撫でて尋ねました。そしていつの間にか台所からかごを持ってきて私の前に立っています。私は女の華やかさに引きずられコムシンに足を入れて、畑に向かう裏門へと女を連れて行きました。女からはそれまで嗅いだことのないほのかな香りが漂っていました。その香りは女が動くたびに漂い出して少しずつ私に染み入りました。それがどれほど私をくらくらさせたことか。畑に向かう途中、水汲みをしていたチャンソンおばさんに会いました。おばさんはかめを下ろして、とても不機嫌な顔で女と私を見つめました。

女はまだ小さな白菜の間をぬって入り、柔らかい白菜を抜いてかごに入れました。畑の一角に植えてある青ネギも抜きました。女は新妻のようにニュトン[*2]のチマチョゴリを着ていて、それは白菜を抜く時は白菜の葉のように、ネギを抜く時はネギの葉のように青くきれいでした。畑の黄色い蝶々も女の頭の上に留まると、羽をつけ替えたように見えました。畑から出てきた女の白いコムシンは土で汚れていましたが、女は気にもとめずに私の手を引き裏門を通って家に戻りました。突然我が家に現れた女がまっ先にやったのはキムチを漬けることでした。私はわけも分からないままそんな女のそばで手伝いをしました。生姜の皮をむいたり、にんにくをつぶしたり、井戸端で塩漬けした白菜を洗う時は、つるべで水を汲んであげました。女はどうもそのような仕事がうまくは見えませんでした。母がわき見をしながら手早くできた大根の千切りは特にそうでした。母のまな板の音はトントントントン……軽快でしたが、女のまな板の音はトン……トン……トン……トンでした。こうして女は青いペンキがはがれた門をくぐり我が家に入り、その代わり母は門から姿を消しました。やっと百日が過ぎた末の妹までを部屋の揺りかごに残して。キムチを漬けた女がやっと夕飯を用意してくれましたが、私たち兄弟はだれも箸をとることができませんでした。下座に座った一番上の兄が目をむいてすごんでいたからです。私はお昼も食べられなかったので、お膳が出されるとすぐに箸をとりました。しかし兄の鋭いまなざしに力なくそれを下ろしてしまいました。

ご飯、食べて。

女は私たち兄弟に哀願するように言いましたが、私たちは長兄の威圧に勝てませんでした。

父はタバコを吸いながら、硬く口を閉ざした長兄の向こうの暗くなった庭を見つめるだけでした。揺りかごの中の妹が泣き出すと、長兄は父への挑戦状のように重い口を開きました。

お前たち、俺について来い。

ちょうど中学生になったばかりの坊主頭の長兄はまるでマフィアの親分のようでした。泣き叫ぶ産着の妹をどうすればいいか分からずうろたえている女と、スパスパとタバコを吸い続ける父を残し、私たちは幼い親分に従って村の橋のところまで行きました。長兄は兄弟三人を並ばせました。そしてその真ん中に立って厳粛に言うのです。

お前たち、俺の話をよく聞け。言うことを聞かなかったら、覚悟しろよ。今日、家に来たあの女は悪魔だ。だからあの女が作ってくれるご飯は食べない、呼んでも返事をしない、あの女が洗濯した服は着ない。

兄さん、なんでだ?

長兄のシャツの裾を引っぱりながら尋ねたのは私の一歳上の三番目の兄でした。

腹へったよ、兄さん。

三番目の兄はお腹をグーと鳴らし、今にも泣き出しそうな声で聞きました。私も同じ気持ちでした。それに女はあんなに色白できれいだもの。長兄がいきなり怒り出しました。

そうしないと母さんが帰ってこれないんだよ!

横に並んでいる私たち三人の前を行ったり来たりしていた長兄が突然、私の前にすっと立ち止まりました。私は息が止まりそうでした。

特に、お前……お前、今日みたいにあの女の後をちょろちょろ付いて回るんじゃない。お前、母さんなしで生きてられるか？

私はその場に座り込んで泣き出してしまいました。さっきから何かが胸を押さえつけていたのですが、その理由が長兄の言葉ではっきりしたからです。女を連れて畑に行く途中で会ったチャンソンおばさんの、あの不機嫌な顔、あの女のほのかな香りが好きなだけでなく、頭をぐらぐらさせたことの実体が分かった気がしました。あの春の日、あのように現れて二十日ほど我が家で暮らしたあの女が、縁側に座って門を眺めている私の中から、竹の子のように突き上がってきました、私の心の奥底に隠れていた切ない記憶に触れながら。

愛しいあなた。

久しぶりにペンをとります。昨日、あなたが私を訪ねてきました。予想もしなかったことです。私がここにいるのが、どうして分かりましたか。私はあなたにここの話を一度もしたことがありません。ここに来る時は、一泊か二泊して帰るつもりでいたので、あなたには何も告げませんでした。

私の気持ちをあなたに伝えることは、どうにも不可能なことのように思われました。何かを文書にまとめることに慣れていないせいか、昨日のあなたの厳しい叱責のように、自分の気持ちに反した方向へことを無理に追い込んで……なのか……ペンを置いたままにしていました。

昨日、私は牛小屋で牛を分娩させる父を手伝っていました。我が家に現れた女といっしょに行った畑、ほのかな香りを漂わせる女が蝶々より軽やかに薄緑色の白菜を抜いていたあの畑は、今、牛小屋になっています。大きな苦労もなく子牛を産んだなあ、父は母牛の背中を撫でてやりました。しかも子牛は雄なのです。父が牛の羊膜を片づけるのを見て家に戻ったら、あなたが庭に立っていました。そこに立っているのがあなたなのか幻なのか……どうしてあなたがここに。幻だろう……と思いました。だから父が小屋から戻ってくるまで、ただあなたを見つめているだけでした。あなたと知り合ってから、私はずっと願っていました。あなたを父に紹介できればどんなに嬉しいだろう、と。その願いが叶ったのに、まるで逃亡者をかくまうようにあなたの手を引き慌てて門の外へ出なければならなかったなんて、父とあなたとの出会いがあんなに短かったなんて。

町の喫茶店で向かい合って座ると、あなたは私を責め立てました。あなたは切実に私のことを望んでいるのに、私はあなたとの関係をただ男女間の乱れた情ぐらいに考えていると。そうではないと私は言いました。それならなぜ約束を破ろうとするのかと聞き返されました。私はあなたに自分の気持ちを、複雑に絡み合っている気持ちを、ほんの少しでも伝えようとしました。あの女に触れられた私の気持ちについて。あなたはやはりわけが分からないといった顔をしました。私は自分の気持ちを文書に綴《つづ》る才能がないだけでなく、言葉をもって伝えることもできませんでした。あなたが見せるほんのわずかな表情の変化からも何が言いたいのか分かると思っていた、そんなあなたに。あの女が作ってくれた料理について、私が勧めていたスポーツセンターで涙を浮かべながらエアロビクスをやっていた中年女性について、私が話せば話すほど、あなたの顔は険悪になっていきました。そしてまもなく涙に濡れるあなたの目を見つめなければならない苦しみが、私にあれほどお酒を飲ませてしまいました。キュウリの千切りが入っていたオイソジュ[*3]とはいえ、私は顔色が青白くなるまで安酒を飲みました。私があなたとの関係を男女の乱れた情のように思っているなんて。

　昨日のあなたと私は、まるで同じ家に住む犬と猫のようでした。犬と猫がいがみ合うのは、それぞれ理解する方法が異なるからでしょう。犬が前足を上げるのは遊ぼうという気持ちの表れですが、猫にはそれがいつでも立ち向かうぞ、という警戒のしるしだそうです。猫が耳を後ろに寝かせるのは気が穏やかでないから触れば引っ掻いてやるという意味ですが、犬には相手に従うとの意味だなんて、双方に誤解が生じるしかありません。昨日のあなたと私がまさにそれです。私の気持ちをあなたは、なぜ急にそんなモラリストになったんだと引っ掻き、私はあなたを他人の気持ちなどどうでもいいわがままな人だと噛みつきました。あなたは出国日を告げて帰りました。私の帰りを信じていると言いながらも、釈然としない顔で明け方の列車に乗り都市に戻りました。家に帰ると、父は縁側に座っていました。あなたの腕を引っぱって逃げるように家を出た私の姿に察しがついたのか、私を見つめるその顔は言いようのないほど歪んでいました。どんな話でも聞くつもりで横に腰かけましたが、父は黙ったままでした。しばらくして部屋に入りながら、あいつ、あの子牛、目は開けているが前が見えないんだよ、と力なくつぶやきました。

今、母は葬儀の準備のために出かけています。亡くなったのはチョムチョンおばさんです。一生寒い思いばかりだったのに、逝くのは暖かい日にしたんだね。母は春の日差しを見つめながらため息をつきました。亡くなったのがチョムチョンおばさんだと聞いた時、私はもう一度胸をつかれました。記憶は……不思議なものです。漆黒の闇に包まれていたものが、どうして一瞬にこんなにも鮮やかによみがえるのでしょう。

記憶の中のチョムチョンおばさんは泣きながら縄跳びをしています。亡くなったという話を聞くまで、私はおばさんがまだ存命だったことすら知りませんでした。母に連れられてしばしばおばさんのところに夜の散歩に出かけたことがあります。その時、おばさんは脚を引きずりながら縄跳びをしていました。

脚の具合がよくないのに、何してるのよ！

母がいくら止めてもおばさんはやめようとしませんでした。母と村のおばさんたちの話によれば、おばさんが脚を怪我したのは、法事のための買い物を頭にのせて帰る途中だったそうです。向かい側から走ってくる自転車を避けようとして橋脚の下に転がり落ちてしまったとか。おばさんはそのため二年ほど身動きができなくなりましたが、その間、チョムチョンおじさんに女ができたようです。動くのがままならず家にばかりいたので太ってしまったおばさんは、それから痛めた脚で泣きながら縄跳びをしたということでした。縄を二重にして作ったもので。今あなたがいるその都市。私が講師を勤めていたスポーツセンターの夕方のエアロビクスの時間に、ある日一人の中年女性が新しく入りました。そう、あなたにも話したことがある、初日にいきなり床に崩れて号泣した女性です。夫が家に帰らなくなったと、声を出して泣いたということまではとても言えませんでした。その後も女性はエアロビクスの途中にしばしば床に座り込んで泣きました。

先生、昨日はその若い女が電話をかけてきたんですよ。夫が私と離婚して自分と暮らすと言ったって堂々と言うんですよ。

チョムチョンおばさんが亡くなったという話を聞いた時、その女性のエアロビクスが……おばさんの縄跳びとともに、私の胸をかすめていったのはまた……どうして……。

チョムチョンおばさん、亡くなったおばさんがいつから縄跳びをやめたのかは覚えていませんが、その後、おばさんは独り身になり、おばあさんになって亡くなりました。

愛しいあなた。

昨日のあなたなら、私の顔をじっと見つめたでしょうか。その女性たちと君と何の関係があるんだ、と。いくらうかがい知れない過去があったとしても、それはその人たちのものだ、ましてや覗くほどのものでもない過去をなぜそんなに覗き込んでいるんだ、と。自分が作り上げた人生だけに意味がある。人は群れから生み出されたことから逃れようとするのに、君はおかしい、若い人がなぜその中に自分を押し込んでいるんだ……と。

昨日、どうしてもあなたに言えなかったことがあります。それはあなたと私を一度に引きずり下ろして穴の中にほうり込むようで、ぜったいそれだけは言わないでいようと、酒場ではあれほどあなたにひどくふるまいました。あなたの足を蹴り、あなたの胸を拳で殴り、あなたに体当たりで刃向かったのは、こみ上げてくるその言葉に負けないためでした。まっ青な顔で呆然と座っていたあなた。私がそれを口にしたら、あなたに責められたように、あなたとの縁を男女の乱れた情と認めることになるでしょう。それで言えなかった言葉があります。

今も……それを……あなたに……なにも、言わなければならないだろうか……何度も自分に問い直しています。口にしてしまえば、あなたは私を憎むことになるでしょうか。愛が憎しみに変わるのは一瞬のことです。あなたも私も、心の中ではその二つの感情が背中合わせになっていたのではないでしょうか。ただこれまでは危うくも二人は愛を守り抜いてきたのではないでしょうか。この言葉は、もしかしたらあなたの気持ちを憎しみへと変えるかもしれません。

どうか、私を、許してください。

これを言わないと、私の言葉すべてがあなたには判然としないでしょう。チョムチョンおばさんを一人にしてしまったおじさんのその女、あの中年女性が泣きながらエアロビクスをするようにさせたその女……いつか、わが家……そうです、わが家……家に現れて一時を過ごした父のあの女……どうか、許して……私が……私が、その女たちではありませんか。

愛しいあなた。

どうか怒らないでください。私はあの女が好きでした。それは生まれて初めて感じる人への好意であったかもしれません。あの女が残していったイメージは、私に夢を与えてくれました。後に学校に通うようになり、新しい学年が始まると先生は生徒カードを書いてくるように言いました。カードには将来の希望を書く欄がありました。将来の希望。私は兄のボールペンを握って、その欄を前にぼんやりと座っていました。

……あの女のようになりたい……

それが私の希望でした。あの女がわが家に来て植えつけていったことを、具体的に何と書けばいいのだろう。それが分からずぼんやりと座っていました。あのころ、それを端的に言う言葉を私は見つけることができませんでした。それで他の子たちのように、ある時は銀行員、ある時は学校の先生、ある時はバレリーナと書き入れるしかありませんでした。しかしそのつど書かれた希望は、すべてあの女のことでした。

女は家に来て十日ほどで、長兄を除く皆を抱き込んでしまいました。百日が過ぎたばかりで、泣くことしかできなかった揺りかごの中の妹までをです。あの女の手により、まっ先に華やかになったのは赤ちゃんの揺りかごです。女は母が揺りかごの下に敷いておいた父の古い冬の肌着を取り外しました。そしてどこにあったのか、小花が散りばめられたひよこ色の小さい毛布を敷きました。揺りかごといえば子どもの泣き声と古い肌着が思い浮かんだのに、女はそれをふわふわとしたおむつがそばに置いてある、明るいひよこ色のイメージに変えたのです。女は子どもを泣かせませんでした。突然、母乳ではない哺乳瓶の乳首を口に入れられてむずかる赤ちゃんの不機嫌も女は難なく解決しました。女はためらうことなく自分の乳首を赤ちゃんに含ませ、乳が出ないことに気づく寸前に、そっと哺乳瓶を赤ちゃんの口に入れました。すると赤ちゃんは女の乳の上に手をのせてもぞもぞしながら素直に哺乳瓶の乳首を吸いました。赤ちゃんは女の背中で明るく笑い、女は子どもを負ぶって料理をしました。包丁さばきは上手ではありませんでしたが、包丁さばきの上手な母の味とは異なる料理を作りました。ご飯にしても女が炊くのは違いました。母が炊くご飯はいつも同じ、麦と米を混ぜたご飯でした。母は前もって麦を炊いておきました。ご飯を蒸らす時間を省けるからです。それも一度に何日分もの麦を炊いておきました。田んぼや畑仕事に子どもの多い家だったので、麦を炊く時間も惜しまなければなりませんでした。炊いておいた麦を釜の下に入れ、その上に米をのせて炊いて、お椀によそう時に混ぜるのです。母はいつも父と長兄のお椀を別にして、より多く白いご飯をよそいました。女は麦をあらかじめ炊いたりしませんでした。ご飯を炊くたびに浸しておいた麦を石《いし》臼《うす》で挽《ひ》きました。そして時間を見計らってお釜に入れて蒸らすので、ご飯はいつもふっくらとしていました。二十日のうちある日は麦の代わりにキビを入れ、ある日は口に入れるのにちょうどいい大きさのギョウザをご飯の代わりにしました。今でもはっきりと思い出せます。女はまるで料理を作るために我が家に来たようでした。うるち米より白いもち米で丸いだんごを作ったり、庭に七輪を出してチンダルレの花チヂミを焼いたりしました。

もち米では蒸し器で蒸した餅しか作ってくれなかった母。

女はある日、もち米にナツメや栗を入れたヤクシク[*4]を作ってくれました。もち米の粘りってこんなにおいしいものだったんだ、と初めて知りました。カルグクス《手打ちうどん》を作った時の、麺の上にきれいにあしらわれたワラビと卵などが今でも目に浮かびます。母が作ってくれた雑穀のお粥とはあまりにも違いました。味はさておき、その見栄えがです。女がいたその二十日間、学校へお弁当を持って行く兄たちがうらやましくてなりませんでした。母が作るお弁当のおかずは覗く必要もありません。寡黙な長兄までもが、またヤギのウンチなの？　とこぼすほど、黒豆の煮物がつねで、自家製の大根の漬物、味噌の中に入れておいたキュウリの漬物、ご飯を蒸らす時にご飯の上にのせて作るケランチム《茶碗蒸し》が全部でした。女のしゃれた料理はとりわけ兄たちのお弁当で際立ちました。ただご飯におかずを持って行くのがお弁当だと思っていたのですが、女は千切りにしたニンジンとキュウリと玉ネギ入りのチャーハンを作って、その上に目玉焼きをのせました。青豆、赤いインゲン豆、黒豆などを混ぜたお餅をご飯と半々に入れることもありました。父に頼んで買ってきてもらった牛肉を炒め、ゆがいたホウレンソウを炒め、いり卵を作って、ご飯の上を三色で覆いました。花畑、花畑を思わせました。ある日は長兄の好きなご飯を聞かれ、おにぎりだと答えたら、翌日は豆を入れた小ぶりのおにぎりを作りました。ご飯粒が手につかないようにゴマの葉で一つずつ包んで弁当箱につめました。家族皆で食事をする時は父に叱られるかと思い食べるふりをしましたが、お弁当には手もつけずに持って帰る長兄が、その日は学校に行く途中で家に戻ってきて、縁側に弁当箱を投げて逃げ出してしまいました。そのまま学校に持って行ったら、食べたい誘惑に勝てない気がしたのでしょう。父がお酒を飲んで帰った翌日、女は夜中に村まで出かけたのでしょうか、ソンジクッ[*5]を出しました。スープの上には斜めに切ったネギがたっぷりのっていました。女が焼いてくれたタラの芽のチギ、それからセリやヨモギのナムル……あ、クズのすいとんまでを思い出します。父が女を愛するようになったのは、その料理ゆえだったのではないかとさえ私には思われるのです。麺に飾りをのせる女と、のせない私の母。これ以上書くことができません。外で父が牛小屋に行こうと呼んでいます。

ふたたびペンをとりながら惨めな気持ちになります。この手紙を書き始めたのはあなたに自分の気持ちを伝えたいと思ったからですが、どうも私にはこれを書き終えられそうにありません。あなたとの約束の日まで、あと四日となりました。あなたがこちらを訪れてから三日が経っています。もうあなたの前に現れることはないと告げましたが、しばしば、私の心はすでにあなたのところに行っています。四日後、あなたは本当にここにいないのですか。私があなたといっしょでなくても、あなたは出発されるのですか。私といっしょになるため、あなたはここを出ることを考えました。二人のお子さんと奥様、そしてあなたの四十年間の人生があるところを。映画の中で起きそうなことがあなたと私に起きました。あなたのその気持ちがただ嬉しくて、私はついて行くと告げました。あなたが置いていくものに比べれば、私のことなど、何でも……何でもないように思いました。ここに来るまでは、あなたの気持ちが変わったらどうしようと、あなたのことが信じられなかったからではなく、あなたの方が私よりはるかに難しく思えたからです。なのに今、私は行けないと言い、あなたは出発日を決めています。

　父が呼ぶからとペンを置き、一行も書けずにいたこの三日間、私は目の見えない子牛の世話をしていました。母が朝から喪家に出かけていて、この三日間の子牛の世話は自然と私の仕事になりました。母にとってチョムチョンおばさんは、生涯寂しい思いをした人、かわいそうな人です。口にはしませんが、母が年の離れたおばさんと親しくしたのは、いつか母自身が味わった二十日ほどのことで、おばさんの辛さや苦しみが分かるからかもしれません。今日は喪輿《サンヨ》*6が出る日なので父も母といっしょに出かけました。牛小屋で目の見えない子牛の口を母牛の乳首につけてやり、用水路のところまで出かけて線路の向こうを眺めたら、おばさんの喪輿が、白い……姿が……遠くから見えました。ここに来たのは春が訪れたばかりのころですが、喪輿が向かう山に目をやると、薄い緑が深まり、咲き乱れた晩春のチンダルレはまるで火をつけたように、赤かったです……。

　牛小屋の母牛は子牛の目が見えないのがまだ分からないようです。乳首を離した子牛がすぐに乳を見つけることができなくてお腹のあたりを探ると、後ろ足で子牛のお尻を蹴るのです。甘えていないでという意味でしょう。とはいえ子牛も自分の目が見えていないことが分からないと思います。へその緒を切った時から漆黒だったので、世の中はそんなものだと、そう思っているのではないでしょうか。それでなのか子牛は母牛の気配にとても敏感です。そばの母牛がさがさ音を立てると自分もがさがさ音を立て、母牛が起き上がると自分もよいしょと起き上がります。何も見ることのできないその瞳はとても澄んでいます。その瞳に私の目をすすぎたいほど。そうすれば、自分の目の前もまもなく漆黒となり、ふたたびあなたが訪れても見ることができなかったら……。

今日もこれ以上書くことができません。こんな気持ちで、あなたにはもう会わないということがどうして書けるのでしょう。

……あの女のようになりたい……

その希望は、女が赤ちゃんの揺りかごの下にひよこ色の毛布を敷いてやり、モヤシのナムルに緑豆のムク[*7]をのせることができたからだけではありません。女が兄たちの中にいる私に気づいてくれたからです。上に兄が三人もいる家の女の子というのは、どこにいても目立たないものです。大人になったらいざ知らず、育ち盛りの最中は特に。母の話では私が生まれた時、父は村の人たちにマッコリをふるまったそうです。息子ばかりの家に初めて薬味のような娘が生まれたのが嬉しかったのです。しかしまもなく私の存在は家の内でも外でも取り残されました。母や父が私に何かをしたということではありません。ただ放っておいたということです。私が裏庭で泣いていたり、前の家の子がはいていたような色とりどりのセットンコムシン[*8]がほしくて仕方がなかったり、兄が着ていたセーターを着たがらなかったりした気持ちを。そうです。女が私の記憶に刻まれたのは、そんな私の存在に気づいてくれたからです。私たち二人が出会った日、突然の雨に降られながらバスを待っている女性たちの中で、風邪をひいている私にあなたが気づいてくれたように。あの日、あなたは傘を差し出しながら言いました。常習犯だと思わないでください、風邪がひどいようでしたので。

女はなぜか、暇さえあれば歯磨きをしました。食事の後だけでなく、長兄が部屋のドアを閉めたまま出てこない時、長兄に指図された二番目の兄が、おばさんは飲み屋から来たんでしょ？　と言った時、小学校に入ったばかりの三番目の兄が真夜中に母さんはどこ！　と足を投げ出して息も絶えんばかりに泣いた時……女は歯ブラシに白い歯磨き粉をつけて長いこと歯を磨きました。やはり長兄に指図をされた私が女の後につきまとい、背中の赤ちゃんをつねって泣かせた時も。ある日、きれいに洗ったおむつを洗濯紐に干していた女が、歯ブラシに歯磨き粉をつけていました。私は縁側に腰かけてぼんやりと女を眺めていました。すると、ふと私も女のように歯磨きがしたくなりました。歯ブラシ入れから自分の歯ブラシを取り出して、私も歯磨き粉をつけました。しかし歯磨きをしているとばかり思っていた女は、そうではありませんでした。女は泣いていたのです。目はすでに赤くなっていました。私に見られたのがきまり悪かったのか、右手で磨くのよ、と左手に握っている私の歯ブラシを右手に握らせてくれました。歯ブラシを口の中に入れてすっすっと上の空で磨いていたら、女は歯ブラシを持った私の手を包み込んで、口の中で歯ブラシを丸く回して磨く方法を教えてくれました。そうしないと歯茎がケガするの。私はまだ歯茎が何なのかも分かっていませんでした。ただ歯茎と言った時、女の涙がぽたっと私の手の甲に落ちたのを、今も覚えています。

これまで書いた手紙を読み直したら、混乱して頭が割れそうです。私はいったいあなたに何をしているのでしょう。ひょっとしてあなたへの気持ちが変わったことを一生懸命言いつくろっているのでしょうか。そうでなければ、なぜこんなに気持ちが焦っているのでしょう。いろんな感情が絡み合って、どこから話を続ければいいのかが分かりません。そして私の記憶がどれほど確かなものなのかも。

あなたと出会ってからこの二年間、私は一度もこの村に帰りませんでした。ただの偶然でしょうか。そうではないように思います。ここに来て向き合うことになるだろう顔が、私は恐かったのだと思います。あなたを愛することは自慢できることではないのを、私は分かっていたのです。すると私は今、あなたの言葉のように、あなたとの関係が不倫であることを認めて、自慢できるような恋をするためにあなたのことを忘れなければならない、そんなことを言っているのでしょうか。こうも簡単なことを、こんなにも難しく話しているのでしょうか、私は。

あの……女、あの女はなぜ……家を出ていったのでしょう。

あなたのことを信じています。

女が父に話したことの中で今でも覚えているのは、その一言だけです。女にとってあなたただった父を信じながら、女はなぜ逃げるように家を出ていったのでしょう。母のために？　女は母がほんの少し家に戻った翌日に出ていきました。母が女に何かを言ったのではありません。家に帰った母は、女が負ぶっていた妹を受け取り抱いただけです。くたびれたのでしょうか。それともそれが母の耐え方だったのでしょうか。母は何も言わずに赤ちゃんを抱いて乳を飲ませました。母の乳は大きく膨れ上がって青い血管が浮き出ていました。赤ちゃんがしばらく乳を飲むと、血管が消えました。日差しが降り注ぐ春の日、縁側に座って乳を飲ませている母と、その横でうつろに庭を見下ろしていた女とは。乳を吸いながら寝ついた赤ちゃんをポデギ[*9]に包んで縁側に寝かせると、母は土間にうずくまっている私のところに来ました。その時、私の手には女が作ってくれた餅が握られていたかどうか。その光景を思い浮かべると涙が滲みます。母はかけ違えている私の上着のボタンを外してかけ直し、脱いである私のコムシンの中の土をはたいて、じっと私の目を見つめてから家を出ていきました。三十分足らずの短い時間でした。ただそれだけだったのに、翌日、女は家を出ていきました。裏庭まできれいに掃いてから。糸に通した柿の花を首にぶら下げている私の手を女は引きました。

お昼は部屋に用意してあるの。赤ちゃんは今寝ついたわ。起きたらおむつの中に手を入れてみて、おしっこしていたら取り替えてやってね……それからお父さんが私のことを探したら、分からないと言って。いつ出かけたのか分からないと、いいよね？

いつのまにか女は家に来た時のチマチョゴリに着替えていました。薄く白粉《おしろい》をつけた顔は一層白く見えました。初めて現れた日に私の心を乱していたそのほのかな香りが、ふたたび漂っていました。長兄が怖くて隠れていた屋根裏の物置で寝ついた私が転げ落ちた後は嗅ぐことのなかった匂いです。ある日、女は部屋で私に本を読んでくれました。話がおもしろくて笑っていたところに長兄が入ってきました。兄は私をにらみつけると、大きな音で扉を閉めて出ていきました。夕方、兄に怒られると思ったら、とても怖くなりました。それで隠れたのが、明かりがつかなくて使わなくなった屋根裏の物置だったのです。傾斜のある狭い階段をいくつも上る部屋です。そこで夕飯も食べずに寝ついていました。眠りこけて寝返りをうった時、階段の下に転がり落ちてしまいました。どしんと、音を立てて落ちた時に駆けつけてくれたのはあの女、彼女です。女は私のお尻を強く叩きました。

家出したと思ったじゃないの！

女は今にも泣き出しそうな顔でした。私のためにです。私が家にいるかどうかも知らずに、家族は皆寝ついていました。父までもが眠りについたのに、女はずっと縁側に座っていたのです。その時、あの女は悪魔だ、と言っていた長兄の言葉は間違っていると思いました。

あの女から感じためまいは、その瞬間消えてしまいました。なのに女は、ふたたびその香りを漂わせ、あの青い門から出ていきました。私は女が家の中に入ってきた時と同じく、縁側に座って家を出ていく女を眺めました。やはり明るい日差しが降り注いでいました。涙が出そうでもあり、早くお父さんが帰ってきてくれないかな、という気持ちにもなりました。ふと歯ブラシ入れが目に入りました。中に女の黄色い歯ブラシが入っていました。私は背伸びをしてその歯ブラシを取り出しました。そして走り出します。村を出るには、大通りと昔の水利組合の堤防の道がありますが、女は水利組合の堤防の道を歩いていました。私は無我夢中で走って、女の後ろに立ちました。私が走ってくる足音が聞こえたはずですが、女はチマの裾をつかんだ後ろ姿を見せるだけでした。私は女の後ろにぴたっと立って、そのチマを引っ張りました。ようやく女はふり向きました。ああ、その顔とは……涙で白粉が崩れた女の顔はひどいものでした。歯ブラシを差し出すと、女は小さく笑顔を見せようとしました。歯ブラシを握っている私の手をぎゅっと握りました。そして私の目を深く覗いて見ました。

私……私のようには……ならないでね。

女は深いため息をつきました。そしてすぐ私を、私の背中を押しました。早く帰って、赤ちゃんが起きてるかもしれない。

今日は雨が……絹糸のような、春雨……が、

たびたび外に目を向けるように……耳……耳を傾けるようにします。今まで父とあの雨の中を歩き回りました。野や山や洗濯場を歩き、尾根に沿って続く峰まで登りました。黄緑色の峰にはヤマヨモギはもちろん、サンシュユまでが咲いて雨に震えていました。霧雨だったので傘をさす気にもならなかったのですが、帰りには私の髪も父の肩もすっかり濡れていました。鳥を捕まえに出かけたのです。一羽も捕まえることができなかったので、ただ追いかけていたと言った方がいいでしょう。午後になると父が肩に猟銃をかけて野や山に出かけることを、今回初めて知りました。母によればもう二年ほど前からのことだそうですが、その二年間、私はここに帰ってなかったのです。狩りと書くと、大袈裟な感じがしますね。その言葉からは原始的なものが感じられます。狩りという言葉は今では動物を捕まえる意味だけで使われるわけではありませんが、私はまだそんな響きを感じます。あの遠い部族やさらに遠い氏族が群れをなして暮らした時代へと思いを馳せます。彼らはこんなことを想像させます。道もない、いいえ、どこでも道になれる山裾や野原に藁の屋根がある数十軒の穴蔵[*10]、その家の前はいつも燃え上がる炎、その炎はさらに深い想像を呼び起こします。それらの家々の家族が見えます。夫と妻、息子や娘たちがいっしょに暮らしています。彼らはほとんど裸に近いです。陽に焼けた肌は白

くありません。皆の髪は黒く艶やかで量が多いです。ふくらはぎと腕には筋肉が盛り上がっていて、家族皆のお尻は空気を一杯入れたボールのように丸く、歩くたびに蹴られたようにぴくぴくします。彼らは皆で狩りに出かけます。獲物を取り囲んで追い立てるには人数が多いほどいいでしょう。女たちはだれもが子どもをひょいひょいとたくさん産みたかっただろう、と私は考えるのです。彼らは山脈のように絡み合って狩りをした猪やアナグマ、時には熊を、家の前の火で焼きます。狩りというのはおそらくそうしたものではないでしょうか。

だとすれば、父と行ってきた鳥の狩りは、とても狩りと言えるものではありません。ただ鳥捕まえとでも言っておきましょう。そもそも父について行くつもりはありませんでした。庭に向いた窓から見える父の姿が不審に思えて、目で追っていました。父の装いが変わっていたのです。茶色のカーディガンに黒のタートルネック、ゆったりしたベージュのコールテンのズボンにぎゅっとベルトを締めて、膝の下まである長靴をはいて、春の光を受ける霧雨を突き抜けて行く姿は、まるで猟師のようでした。納屋の壁にかけておいた猟銃を肩にかけると、それは完璧な小道具になりました。扮装を終えた父が門の外へ出ました。私も部屋から出ていきました。甘える子どものように、先を行く父の長靴の跡に自分の足をつけながらついて行きました。その横で私たち親子の影が並んで歩いています。風が吹くまで、父は結構凛々しく見えました。でも風がズボンを父の脚にぺたっとつけると、後を追っていた私は足を止めました。ズボンの中に父の脚があるのが信じられないほどでした。棒のような脚に風がズボンをはためかせていました。私の気配がしないと、父がふり向きました。毛糸の帽子をかぶった父は私が追いつくまで待っていました。父があんなに小さくなったなんて、帽子の下の襟首は白髪だらけでした。耳の下には張りをなくした肌が垂れ下がりしわになっていて、無数のシミができていました。心の奥から叫びが漏れてきました。あなたに向かってのことのようでもあり、人生に向かってのことのようでもありました。悲しくなって父のズボンの尻ポケットに自分の両手を突っ込んでみました。急に後ろから引っ張られたようになり、父はバランスを崩して私に倒れかかりました。ポケットの中で触れる痩せこけた父の尻骨。

父は今日、シメ一羽捕まえることができませんでした。野原でも山でも洗濯場でも。警戒してないように見える山鳩に向かって、木の後ろにぴたっと隠れて狙ってみましたが、毎回ダメでした。そのたびに父は私の方を見て気まずそうに笑います。父は私の前で飛んでいく鳥を格好よく撃ち落として見せたかったのでしょう。しかし今日の狩りは父の思うようにはいきませんでした。

そういえば、いつかあなたからも狩りの話を聞いたことがあります。アフリカのある先住民についての話でした。彼らの先祖は騎馬民族です。馬に乗って密林の中を駆け巡って、狩りの物々交換で子孫を繁栄させました。密林はやがて道になり、栽培のための土地になり……、先住民の男たちはもはや狩りをすることができなくなりました。それでも彼らは昼夜を通して槍と弓を作ります。村の女たちは日が昇ると野原に出て大粒の汗を流し家族のために土地を耕しますが、男たちは日が昇ると群れで野原に出かけます。槍と弓を持って。彼らのやることは、一日中野原をうろついて帰ってくること。もはや喚声を上げて捕まえる動物も、血を流して戦うべき他の部族などいないのに、彼らは先祖がやってきた狩りと戦いの習性を捨てることができず、一日中地平線を眺めては帰るのです。あなたの話に私は、本当に？　と言って笑いました。しかし今、彼らが私の兄たちのように思われるのはなぜでしょう。群れをなし一日中うろついて、まっ赤な黄昏を背負って虚しく村に戻ってくる彼らの中に、私の父を見たと言えばあなた、あなたは……笑うでしょう。

夜が明けると、あなたと約束した日になります。あなたは本当に行ってしまうのですか。それなら私は今、何を耐えているのでしょう。あなたが行ってしまえば、私が耐えていたことはすべて意味がないことになってしまいます。今日一日中、私はつぶやきました。あなたのところに走る気持ちへと変わるたびに、あなたといい思い出などなかったのだと、何度も自分に言い聞かせました。それでも突然体が熱くなり、あなたのもとへ行かなければと荷物をまとめたりもしました。もしやあなたが迎えに来てはくれないか、何度も庭の向こうの門を見つめました。耐えに耐えて、ようやく訪れたこの夜。すでにあなたのもとへ行く列車はなくなりましたが、明日の一番列車は何時なのか、そんなことを考えている私は、この夜が……怖いです。山のさくらんぼを食べると将来涙することが起こると、母は私が採ってきたさくらんぼを庭にひっくり返したりしました。これが母が言った涙することでしょうか。母に隠れて食べたさくらんぼが、今、私を泣かせているのでしょうか。

父は心からあの女のことを愛していました。女が夕飯の片づけを終えて部屋に戻ると、父はその手にクリームを塗ってあげました。なぜその光景が特別に思い浮かぶのか分かりません。父の手と女の手が何のためらいもなく絡み合うのが、私にはまるで夢のことのようでした。たっぷり取り出したクリームを女の手にまんべんなく伸ばしてあげる時の父のその幸せそうな姿は、その後も前も見たことがないように思います。手、そうです。あのころの父と女は、二人でいる時はいつも手を握っていたように思います。それが手にクリームをつけてあげるワンシーンと重なって思い出されるようです。手を握ることなど大したことではないかもしれませんが、私は今まであんなふうに父の手をぎゅっと握ったことがありません。あなたの手。私もあなたの手が好きでした。いつか運転中のあなたの手に私の手を重ねて、あなたの手がすごく好き、と言ったことを覚えていますか。あなたの手にはいつも結婚指輪がはめられていました。それに目がとまるたびに胸に痛みが走りましたが、あなたは自分が結婚指輪をしていることとすら気づいていないようでした。指輪はまるであなたの一部のように、いつもそこにありました。それでもどうしようもない悲しみが心に吹きすさぶと、あなたの手を探して握りしめました。すると悲しい気持ちが和らぎます。私はあなたに指輪ではない他のものをいただいたのだと、そのために私がその中に閉じ込められて死ぬとしても……私にはそれがすべてだと、自分を慰めていたのに……。

愛しいあなた。

……ここに来るのではありませんでした。この村は私を、私自身を思い出させます。自分の中を見つめなければならないなんて、嫌です。私は疲れ果てました。あの女が去った日、彼女に歯ブラシを渡そうとした時、あの時、彼女と私が交わした約束、今はその約束を守る時であること……あなたがいるその都市でどうしてそれができましょう。あの時、あの女が去っていなかったら、私たちはどうなったのでしょう。母と私たち兄弟は？　あの女が去っていなくても、私たち家族は今のような静かで穏やかな日々を送ることができたでしょうか。ここに来なかったら、このようなことは考えなかったでしょうけれど。

女が去った後、父はしばらく酒に酔いつぶれていました。ところ構わず吐いたりして、体を支えてあげることもできませんでした。過去も今も父の人生で最も輝いていたのは、あの女といっしょにいた時だったと思います。それでも愛しいあなた、それだけが私たちの人生のすべてだと思わせてくれない何かが、この村には流れていません。ここに来なかったらいざ知らず、すでに私はその何かに怯えています……ここに、ここに来るのではありませんでした。ほかにどうやって私の気持ちを書きとめることができましょうか。心がひりひりするほど、あなたが恋しいです。

たった……今、あなたとの約束の時間が過ぎました。炭火のように熱いものが胸の奥から込み上がってきます。これはとても馴染みのある感覚です。あなたのことを思っている間、私の一日はこの込み上げる熱いものから始まっては終わっていたので、私にはむしろ友達のような感情です。あなたに会った時の喜び、あなたの顔に触れたいことをはにかむ気持ち、あなたと会えずにいる時の恋しさ、あなたのことを誰にも自慢できずにしばしば赤面した思いまでが、その熱いものにはあります。もう慣れているはずのものですが、今込み上げてくるものは、一つの世界を壊すため、簡単には鎮《しず》まらないでしょう。考えてみれば世の中には近づいてはいけないことがたくさんあります。そしてその禁忌があるからこそ、思い焦がれたりもします。

部屋の床に胸をつけてうつ伏せになっています。今込み上げてくるものをこんなことで鎮めることなどできないと分かっていますが、ほかの方法が見つかりません。あなたは本当に行ってしまうのですか。一時間前から私は時計ばかり見ています。針が午後三時を過ぎると、懸命につかんでいたあなたとの糸を放してしまうことになります。私が放してしまった糸の端は、あなたがつかんでいるその端に向かって飛んでいってますか。あなたは今、時計を見つめながらそこに立っていますか。

一ケ月ほど、何も書けずにいました。

あなたとの約束の時間が過ぎると、気が抜けてしまいペンをとることができませんでした。いいえ、この手紙を書く目的を失ってしまったのでしょう。あなたに向けた私の手紙は、ついに目標を失った矢になってしまいました。あなたが私に与えてくれた喜びが苦しみや悲しみ、虚しさへと変わっていくのを、なすすべもなく眺めなければならなかった最初の数日間は、体が麻痺したように横たわっていました。もうあなたに会えないと思うと、とんでもないことをしてしまったと。胸の中につむじ風がふたたび巻き起こりました。自分にとって最も大切なものをさし出しても、もう取り返しがつかないなんて、私は崖の上に立たされているようでした。その切迫した気持ちが、あの日、私に受話器をとらせました。あなたは本当に出発しただろうか。本当に行ってしまっただろうか。

電話に出たのはあなたの奥様でした。穏やかな声でした。あなたの名前をきちんと伝え、代わってほしいと言った時でさえ、あなたが本当に行ってしまったのではないか、胸の内は火の玉のようでした。奥様の横にはあなたの娘さんがいたのでしょうか。奥様のささやく声が聞こえてきました。

ウンソン、パパに電話に出るようにと言って。

私は静かに受話器を下ろしました。あなた、娘さんのお名前はウンソンだったのですね。ウンソン。その名前を三、四回呼んでみました。ナムルのような名前。どこに溜まっていたのか、長いこと涙がこぼれました。ウンソン。

部屋の扉を開けてみたら、庭の柿の木に白い花が芽吹いていました。久しぶりに外に出たので、日差しが眩しくてめまいがしました。庭に下りて表門まで出るのに三、四回膝ががくがくしました。回復期にある患者の歩き方がこうでしょうか。私が部屋にこもっている間、すでに春の農作業が始まっていて、野には頭に手ぬぐいをかぶった女たちが苗代に稲をまいていました。芽吹いたばかりのヨモギはすでに大きくかたくなり過ぎていて、パレットの中の絵の具のようだった花ははかなくも散り、青い葉に代わっていました。歩いているうちに気持ちも少しは落ち着いてきて、帰りには春の花は何を急いで葉が出る前に咲き、あんなにも虚しく散るのだろうと思ったりもしました。日差しの暖かい路地で女の子二人が、一時は綿雲のようだったのが、今はぽたぽたと散り黄色くなった白木蓮の花をつぶしてままごとをしていました。咲く姿を見たので、散る姿も見なければならないのでしょう。

私の顔はもう陽に焼けて黒くなりました。働き手の足りないところで、いつまでも部屋にこもっているわけにはいかず母を手伝っていたら、少しは仕事にも慣れてきました。せいぜい畑や田んぼに持っていく間食の準備や、サツマイモの苗を植えたりするくらいのことですが。目の見えない子牛は牛小屋を開けると、私の足音に気づいて体を起こします。ここに来て最も親しくなった相手です。

最初は目が見えないやつで……心配しとったが、よく頑張ったよな。よく食べてよく寝るのでふっくらと肉がついてきた、値打ちには問題なさそうだ。という父の言葉には、子牛を家畜にしか思わないことが寂しくなったほどです。母は本格的な田植えが始まる前に、早く都市へ戻るようにと言います。苦労するからと。何をどうするか、まだ決めていません。この平穏を得るまでに私がやったことは、この手紙を書いてはやめ、書いてはやめたことだけです。この手紙を書き始めた時、初めて自分の人生をコントロールしているような気もしました。こんなにも難しいこととは知らず、この村に来て自分の心の中で起きていることを、あなた宛てに書くことができると思ったようです。今考えると、今回のことも自分で自分の人生をコントロールしたとは思えません。この手紙を書き終えることもできませんでしたが、あなたはそこに、私はここにいます。昨日は洗濯場に出かけて、この事実があまりにも信じられず、長いこと水の中を覗いていました……わっと散らばるメダカの群れ……それでも数年ぶりに……息を……

深い……息を……吸い込んだようでした。

この手紙をあなたに、今はそこにいるあなたに送る必要はないでしょう。それでも……カササギ、カササギの話をしようと思います。村に戻った初日、せっせと巣を作っていたカササギのつがいに雛が三羽生まれました。とうもろこしの種を植える穴を掘るために丘の上の畑に行った帰りに見つけました。少し離れていてよくは見えませんでしたが、目の見えない雛はいないようです。餌をくわえた母鳥が戻ると、三羽は押しあいへしあいながら精一杯口を開きますが、口の中は赤……まっ赤でした。その雛が羽ばたくころにはここも、この村も初夏、夏……でしょう。あのやさしい黄緑は濃くなり、緑に、深い緑に……なることでしょう。そのころには、ウンソンというあなたの娘さんの名前も私の胸で淡い記憶になるでしょうか。さようなら。

＊1【コムシン】伝統的な形をしたゴム製の履物。
＊2【ニュトン】絹のような光沢をもった化学繊維で、レーヨンに似ている。
＊3【オイソジュ】焼酎にキュウリの千切りやスライスを入れて飲みやすくしたもの。
＊4【ヤクシク】ナツメ、松の実などを入れ、はちみつ・黒砂糖・ゴマ油・しょう油で味つけしたおこわ。体に良い材料を入れた「薬になる食べ物」として「薬食《ヤクシク》」という。
＊5【ソンジクッ】ゆでて固めた牛の血を入れたスープ。ソンジは牛の新鮮な血

液、クッはスープ。酒を飲んだ翌日に酔い覚ましで食べられることが多い。
＊6【喪輿《サンヨ》】遺体をのせて墓地まで運ぶ輿。
＊7【ムク】木の実などのデンプンを固めたごま豆腐のような食感の食べ物。
＊8【セットン】厄よけや無病息災を願う多色の縞模様。
＊9【ポデギ】おんぶ紐。幅広の布に紐がついている。
＊10【穴蔵】日本の竪穴式住居に近いもの。

彼がいま草むらの中で

男が、一瞬目を開いた。

まぶたがくっついていて、何度も瞬きをしてからだった。強い日差しが目を刺し、やっと開いた目を閉じてしまう。そして目を刺しているのは太陽だけでなく、顔を覆っているとげのある草であることに気づく。反射的に手をあげ顔を覆うものを払おうとした彼が悲鳴を上げる。肘の骨が折れたのか、痛みに腕を動かすことができない。腕だけでない。首を回すことも、上体を起こすこともできない。体が半分に折れたような痛みが全身に走り、彼はまた気を失ってしまう。

どうするんだね？　母が聞いた。何のことか分からない彼は母に顔を向けた。私の誕生日、あと二ケ月じゃないか。ああ、はい。彼は瞬間的にしまった、と思う。ああ、はい、だなんて。何度もあったことなのにまた、ああ、はい、とは。もちろん考えてますよ、と言い直そうとしたが、母はすでに冷たく背中を向けてしまった。母の背中は、私はテヒが一歳にもならない時一人になった、と語っている。お前はまだ三歳だった、お前たちを育てるためにタクシーの運転手をして、私の背中は曲がってしまった、と語っている。母は毎年、自分の誕生日が近づくと、二ケ月先を近づくと言っていいのかは分からないが、その二、三ケ月前から予定を聞いてきた。彼やテヒや彼の妻が、今度のお誕生日はどのように過ごしたいですか、と尋ねる機会をくれなかった。半月でもなく、一ケ月でもなく、二ケ月も前から母の誕生日の過ごし方を考えるほど、日々に余裕はなかった。妻は妻なりに、テヒはテヒなりに、彼は彼なりに。

不思議なことだ。今回は二ケ月も先の誕生日のことを言ってくる母がうっとうしいというより、むしろそんな母に甘えたくなる。何も言ってこないと寂しがる母の声が懐かしく聞こえ、申しわけない気持ちさえする。母は何か気に食わないことがあれば、それを隠すことができない。妻がほんの少しでも口答えをすれば、息子である彼がどう思おうが、怒った顔で一人暮らしのテヒのところに行ってしまう。そのたびに彼は母を迎えに行かなければならなかった。母は妹のテヒと彼の仲がいいのも気に入らないようだった。たまに二人の電話が長くなるものなら、自分をのけ者にしてこそこそ話していると受けとめた。そしてついには、彼にはテヒへの不満を、テヒには彼への不満をならべた。彼がテヒに母の言葉を伝えなかったように、テヒも母の言葉を彼に言わなかった。しかし何の反応も見せない二人に母の愚痴はエスカレートしていった。母の言葉通りなら、テヒも彼も天下の親不孝者だった。母が体調を壊したりでもすれば、彼らの日常に支障が出るほどだった。母は一ケ所の病院で診てもらうのでは気が済まなかった。関節が痛ければ、関節治療で有名な病院をいくつも回った。足の甲をケガした時は、治療が終わった後も保護のためだと包帯を巻いていて、包帯を解いた時はそこだけが白くなっていた。彼やテヒや妻が母の健康を別段心配しなくてもいいほど、母は自分の体を気にかけていた。それは体を顧みず後になって家族を驚かせたりすることよりましではあった。タクシーの運転をやめてからの母は、おいしいものは何でも食べなければならず、行きたいところには行かなければならず、気に入った服は買わなければならない人へと変わっていた。

彼はようやく自分が夢を見ていたことに気づく。

強迫症の人のように健康に気をつかっていた母が胃がんで亡くなって三年も経つのに、こんなにはっきりと声が聞こえるとは。彼はもう夢から覚めたかった。しかし痛みのために目を開けることができない。彼は朦朧《もうろう》とした意識にしがみついて沼の中のような無意識に陥らないよう努めた。今自分がどういう状況にいるかを知らなければならない。彼は少し目を開けてみる。腕が折れたか砕けたかしたため、手を持ち上げられないということを自分に認識させる。やっとのことで左右に頭を動かして顔を覆っている草なのかツルなのかをふり落とす。五葉松だろうか。風が吹くたびにゆらゆらと目の前で揺れる。何とか腕を伸ばして力いっぱい手で地面をつかむと、乾いた土と草に触れられた。目を開けていることができず、閉じては開けるのをくり返すと、木々が目の中に飛び込んでは遠ざかった。ここは、すぐ近くから車の走る音が聞こえるここは、全身に走る痛みとは関係なくあんなに青く澄んだ空が広がるここは、どこだ。彼が横たわっている周辺にはヤマヨモギやシラヤマギク、センダングサなどが黄色や白い花を咲かせていた。木の葉やツルも四方に広がっている。この草むらになぜ自分がいるのか、彼は思い出そうとする。朦朧として意識が途切れたり、車の騒音と振動でふたたび意識が戻ったりをくり返したある瞬間、奈落に落ちたように絶望する。妻に会うために堤川《チェチョン》へ行くところだった。やたらにアクセルを踏んで、速度計が百二十キロを示しているのに気づき、ここは国道だから、とふとスピードを落とした記憶。急にスピードを落としたせいで上体がハンドル近くまで傾いた記憶もよみがえる。

義母から電話があったのは一週間前だった。義母は深いため息をつき彼を責めた。そこまで冷たい人だとは思わなかったのに、と言った。彼が六ケ月も妻のいる堤川に足を運んでいないことを言っているのだ。それで、このまま別れるつもりかね、義母が聞いた。彼が黙っていると、義母はまた深いため息をつき、妻が別れたがっていると伝えた。どんな結論であれ、まずは会って妻の胸の内を聞いてみるようにとも言われた。胸の内という義母の言葉に彼は面食らってしまった。妻は彼に打ち明ける胸の内があるかもしれないが、彼は妻に話すいかなる胸の内もなかった。妻は人の話をよく聞く人で、相手を押しのけて話すような人ではなかった。来週は必ずうかがいます、と言って彼は受話器を下ろした。そして呆然と座って、妻が別れたがっているという義母の言葉を考えてみた。別れたい、それが妻の胸の内だろうか。彼は妻の左手に頬を殴られた時のように、突然怒りが込み上げてきた。妻がこのような手順を踏むため、彼の前でそのような芝居をしていたのだろうかとさえ思われた。彼は妻のことが嫌いではなかった。今まで妻と別れたいと考えたことはない。妻の左手のことがなければ、人並みに暮らせたというのが彼の考えだった。時間はただ流れるのではなく、心を硬くさせたり和らげたりする。義母の電話から一週間が経つ間に彼の心もいくらか和らいでいた。どうであれ妻をこのまま実家のタラノキのそばにいさせるわけにはいかないと考えるようになった。妻を連れてきて入院させようが、妻の望み通りに別れようが。妻が戻らないと言い張れば、妻を脅すことまで考えていた。このまま川まで走って車ごと突っ込んでしまう、と話すつもりだった。そのような脅迫で離婚を考えている妻の気持ちを変えることができるだろうか。彼は自分がなぜ妻と別れようとしないのか考えてみた。妻とは熱く愛し合って結ばれたわけでもなく、妻の存在がすでに安らぎなわけでもない。なのにどうして？　意識を失う前に彼が考えていたことだった。

「事故多発地帯、スピード落とせ」という赤い標識を見て、素直に落としたスピードをさらに落としたことも思い出した。一車線道路で自分の車を追い越すワゴン車を先に行かせ、バカ野郎が、とぶつぶつ言ったことも思い出す。そしてセンターラインを越えてくるトラックを避けるために急いでハンドルを回した記憶。ハンドルが外れたのと同時にフロントガラスが割れる音を聞いただろうか。ふわっと体が宙に浮いた。一瞬、夜空の星を見たようでもある。それが全部だ。瞬時にして体が宙に浮いた記憶はあるが、この草むらに落ちた際に覚えただろう恐怖の記憶はない。体が地面に落ちる前に気を失ったのだろうか。彼はようやく自分が一人草むらに放置されているということが分かった。事故から一日が経ったのか二日が経ったのかも分からない。運転していたのは夜で今は真昼なので、少なくとも一晩は過ぎたことになる。状況が分かってくると彼は思わず、母さーん！　と呼んだ。呼ぶというより悲鳴に近い叫びだった。しかし声は草むらの上の国道を走る車の騒音にかき消されてしまった。彼は両手を握りしめてみる。むしり取られた草が手に握られる。顔の上に注がれる陽光を避けることができない。背骨が折れたのか、体を動かそうとするだけで体中がねじれるような痛みが走る。だれかに発見されなければどうすることもできない、完全な孤立状態にいることに、彼ははじめて気づいた。

会議はどうなったのだろう。インターネットショッピングモール・イエティクラブでリビングチームの商品企画を担当する彼は、月曜の朝に予定された会議のことを思い出す。こうしている場合じゃ……つい体を動かそうとするが、すぐに心が折れてしまう。その会議にはリビングチームだけでなくファッション、ジュエリー、家電製品など、各チームの担当者九人が参加する。次のシーズンに備えて、各チームが企画案を出すことになっていた。半月前に告知されたもので、売り上げが期待される企画については褒賞もある。主にファッションと家電が主力商品として検討されるだろう。すでに問屋から直接購入する商品が多いので、皆新しい案に頭を悩ませていただろう。問屋は普通午後八時から午前五時まで開く。問屋からの購入で価格が安くなっているが、そのため問屋が集まっている東大門《トンデムン》辺りを明け方まで歩き回ることがしばしばだ。その分競争力はある。彼はこの仕事に就いてから一度の欠勤もなく、毎晩十時ころまで続く売り上げ会議も休んだことがない。何の連絡もなく会議に出ていない彼を同僚たちは探しているだろう。習慣のように携帯電話を探すため手を動かしたが、またも痛みに押さえられる。片方の靴がなくなり、腕時計も携帯電話も持っていないことに気づくまで、しばらく時間がかかった。

彼は足首を小さく動かしてみた。靴が脱げた左足の指も動かしてみる。靴の中の右足の指も。右は膝とふくらはぎに力を入れることができない。片手だけでも持ち上げることができるなら、自分の頰を強く叩いてみたい。母さーん、母さーん！　乾いた唇からふたたび悲鳴が漏れる。だれかいませんか？　だれか！　草むらに打ち捨てられた彼は、声を上げたり草をむしり取ったり、つい意識を失ってはまた目を覚ますのをくり返した。時おり恐怖が全身を舐めるように走る。意識がある時は頭上の方で疾走するトラックや車の音が耳に届く。道路からそれほど離れていないと思うと、少しばかり安心できた。ふたたび朦朧として無意識の中に滑り落ちて目が覚めると、五葉松や栗の木やハリエンジュに向かって、だれかいませんか！　と叫んだ。起き上がることも座ることも、はうこともできない彼が救助を求める唯一の方法は、叫ぶことだけだった。しかし彼の叫び声を聞いているのは、空や土や木や虫や近くから聞こえる道路の騒音だけ。まもなく彼は声を上げることもできないほど喉がはれ上がった。自分が聞いても獣の鳴き声なのか人間の声なのか分からない、唸り声のような太く低い音が漏れた。

時おり、彼は家に帰ることもできないほど仕事に追われた。先輩や後輩何人かでインターネット新聞を作ると、大学を卒業してから勤めていた自動車会社の広報室を辞めた。その後の数年間は、深夜十二時前に家に帰った日が数えるほどしかなかった。二日、三日はよくあることで、一週間も事務所から出られないこともあった。それでもインターネット新聞の事業は失敗に終わった。彼の退職金と妹のテヒに返してもらった二千万ウォンをすべて失くしてしまった。出資額を少なめにしていたのでその程度ですんだ。持ち分を上げるために多額の資金をつぎ込んだ仲間も少なくなかったので、自分の損失ばかり話すこともできなかった。妻が自分の左手をもみながら変だと言ったのはそのころだったように思う。

彼の留守中を妻は一人で過ごした。母が亡くなった後、妻が一人でどのように過ごしていたのか彼は知らない。母といっしょの時はいつも母の話を聞いていた。母は胃がんの再発で入院していた時も、最後に息をひきとる時も、途切れ途切れに妻に話した。保証金五万ウォンに毎月の家賃を払って暮らしていた時だよ。母は話すというより虫が鳴くように言った。お客さんを乗せて奨忠洞《チャンチュンドン》方面に行く途中だったが……なんと、建設会社の社長の息子さんが運転するトヨタの車とぶつかってしまったんだ。トヨタなどまだ珍しい時代よ。当時の私のような人間は一生乗れない車だったね。そんな車にぶつけてしまったんで、それはそれはうろたえて、空が黄色く見えたよ。当時のお金で三十六万ウォンの見積もりが出てね。住んでいた部屋の保証金を全部はたいても解決できる金額じゃなかったんだ。本当に目の前がまっ暗だった。お金がないから失敗は体でしか返せないと思って、事故があった朝方から午後三時か四時まで社長さん宅の庭に立って処分を待ったんだ。なぜだったのかは今も分からないが、とうとう社長さんが出てきて、もうお家に帰ってくださいと言うんだよ。初めは何の話か、意味が分からなかった。その社長さん、一生懸命に働いてお金たくさん稼いで幸せに暮らしてください、と言うんだもの。お金を稼いで修理代を返せと言うんじゃなくて、幸せに暮らせって。それって本当に私に言ったことだろうかと思ったね。なぜ帰らないのかとせかされて、それこそ頭が地面にくっつきそうに社長さんの後ろ姿にお辞儀をした。そして社長さんのお宅を出たんだけど、どうしたことか、懐に一銭もないんだよ。子どもたちが待っている部屋に戻るにはバスを二回乗り換えなければならないのに、バス代さえないんだよ。バス代もないのに、もう腹が減って腹が減って。どういう度胸だったんだろう。最初に目についた中華屋さんののれんをくぐって入ったわけ。ジャージャー麺を一杯ご馳走になれませんか、と頼んだ。今はお金を持ってないんだけど、お腹が空いて歩くこともできない、お金は後で必ず持ってくる、とね。店の主人が私をじろりと見つめて、そんなことを言う人が一日に何人も来るんだと文句を言ったけど、それでも座って待ちなさい、と言ったんだ。少し待っていたら、一皿でなく大きな鍋いっぱいのジャージャー麺を出してくれた。思う存分食べてくださいってよ。あの日、あの大きな鍋いっぱいのジャージャー麺ほどおいしいものを、その後食べたことがあっただろうか。ジャージャー麺を食べ終わるとタバコが吸いたくなってね。麺を打つ人にタバコを一本だけもらえないかと言ったら、呆れた顔で私をにらんだよ。だけど、一本と言ったのに二本もくれるんで、それをおいしく吸った。バス代まで貸してくれとはとても言えなくて、腹いっぱいになって店を出てきた。そしてバスに乗ったんだ。まだユニホームに帽子をかぶった車掌さんがいちいち料金を受け取った時代よ。車掌さんが私のところに来て料金を払うようにと言ったんで、実は私も運転手なんだけど、今日はこうこうしてああしたことがあったんで、一度だけ目をつむってくれと言い合っていたら、運転手さんが車掌さんにいいからと言ってくれて、あっけなく言い合いが終わってしまったね。おかげでお金も払わずに子どもたちが待っている家に戻れたよ。乗り換えたバスでもう一度もめたけど、あの時はそんなことができる力が残っているのがどれほど嬉しかったか。私って、本当にずうずうしい人間だったね。トヨタを壊して弁償しなかったこと、ジャージャー麺を鍋いっぱいタダで食べたこと、その上タバコまで二本もらって吸ったこと、最後はお金もなしにバスに乗って家に帰ったこと、だれでもできることじゃないよ。ジャージャー麺一杯百五十ウォンだった時だから、次の日に三百ウォンを持って行ったんだ。鍋いっぱいだったんで二皿以上だったかもしれないが、ま、二皿分にしてね。タバコも四本にして返した。返しに行く時は感謝の気持ちで一カートン買ったんだけど、いざ渡そうとしたら惜しいのよ。それで一箱渡したら、タバコをくれた人がもうタバコをやめようとしたところだって受け取ろうとしなくて、返すのに苦労したんだから。それがだれであれ、私って、人に借りがあっては気が済まないだろう？　トヨタを壊した社長さん宅にはそれから数年間、時間をみつけては行ったよ。一日働いて一日休む時だったから、休みの日には行って庭の掃除をしたさ。車を拭いたり。雪がしんしんと降った夜の翌日は、目が覚めたらすぐに行って雪かきもした。たぶん四、五年は続けたと思うよ。ある日突然、社長さんが私に自分の運転手にならないかと言うんだよ。給料は今の倍にするからって。私がなかなかの働き者だから手元に置きたかったんじゃないかね。でも、断ったよ。私は借金を返しに行ったわけで、就職するために行ったんじゃないから。それに人の下で働くのは嫌なんだ。そのまま運転を続ければ個人タクシーの免許ももらえるし。それで私はタクシーの運転がいいです、と言うと社長さんたら、うちで働く気でなければ、もう家には来ないでくださいって。トヨタにぶつけた借金はそんな風にして返した……女手一つで子どもを育てたけど、人に迷惑をかけたことはない……子どもたちには全部返してもらわなきゃ……でも、もう時間がないみたいだね。母は話の途中、しばし目を輝かせた。去年だったかね、そのお宅の近くを通ったのでちょっと寄ってみたんだ。家の主人が変わっていた……。妻は数十回は聞かされ、もう覚えてしまっただろう母の話をまるで初めて聞く人のように、それも感慨深そうに耳を傾けた。なぜ今になって思い出すのだろう。あの時すでに妻は自分の左手をずっと触っていた。ええ、お母さん。はい、それで？　と相槌をうちながら。

妻が左手を触っている姿はそのまま妻のお決まりのポーズになったようだった。後にはそれを何とも思わなくなったから。二、三日に一回家に帰れば、妻はいつもと変わらず彼を迎えてくれた。編み物をしながら左手をもみ、昨日は実家に行ってきたの、と話した時もあった。あなたはなぜ私に何も話さないの？　と時おり妻は尋ねた。何を？　と彼が聞き返すと妻は、そうね、何でも、と言ってうつむいた。彼はもともと口数が少ない人だった。母から「チクセ」と呼ばれるのも無理はない。母が彼のことを「チクセ」と呼んだ時、妻はそれって何ですか、鳥の名前ですか？　と聞いた。母はしばらく複雑な表情を見せたが、そう、鳥の名前だよ。卵から孵《かえ》って死ぬまで一度も鳴かない鳥、と言った。すると妻は、へえ、そんな鳥もいるんですね、と信じる様子だった。左手を触ったりもんだりしていた妻が、ある時からは右手で左手をつかんでいる姿がたびたび目についた。打撲した際に見せるような仕草だ。どうしたんだ？　と聞くと、妻はどう答えればいいのか分からないといった表情で彼を見つめた。そしてしょんぼりとした表情で、手が言うことを聞かないの、と大したことではないように言った。手が言うことを聞かない。最初彼は妻の話を聞き流した。手首が痛いとかしびれるとかではなく、言うことを聞かないとはどういうことなのか、理解できなかった。

新しい事業を成功させると意欲満々で集まったチームを解散し、事務所を閉鎖するころだった。その後は転職した新しい職場に慣れるため身も心も忙しく、妻の話に注意を払うことを忘れていた。インターネットショッピングモールという仕事は、どこが始まりでどこが終わりなのか分からなかった。どんな客が訪れるのか、大きく動きそうな商品を定め、デジタルカメラで商品を撮影し、価格を設定してサイトに並べることが延々と続いた。顔の見えない客に注文を促すことは容易ではなかった。彼がワンプラスワンというイベント企画で頭が一杯だったころ、妻は玄関を開けてくれる時も右手で左手を押さえていて、ソファに座ってテレビを見る時も、本を読む時もぎゅっと左手を握っていた。彼がそんな妻を見つめると、なんだか左手の主人は別にいるみたい、とつぶやいた。妻の左手が深刻な状態だと気づいたのはそれからしばらく経ってからだ。テヒの誕生日を控えた日曜日だった。妻は朝早く水産市場に出かけ、テヒの好物のワタリガニを買ってきた。カニの醤油漬けも作ろうと思ったけど、あまりにも高かったんでそれはあきらめたわ、と残念がった。テヒはカニ汁よりカニの醤油漬けより、大皿にのった蒸したカニが好きだった。カニを蒸し器に入れた妻はテーブルをベランダの窓側に移した。だれでもそうしたくなるほど日差しの気持ちよい日だった。旬のワタリガニの甲羅をはがすと、おいしそうな赤い卵がぎっしり詰まっていた。四人用の食卓に妻とテヒが並んで座り、向かい側に彼が座った。それぞれの皿にのったカニにとりかかっていたら、ふと妻の左手がテヒの皿の上のカニをすっと取っていった。彼は妻がいたずらをするのだと思った。テヒも同じだったようで、お姉さんったら、と言いながら横目でにらんだ。しかし妻はびっくりして右手で左手を膝の上に引き寄せてじっと押しつけ、少しずつ目じりのしわが目立つようになってきた顔を赤らめた。ところが彼が自分の皿のカニの身を半分に割って戻した時、また食卓の向こうから妻の左手が伸びてきて彼の皿のカニの片方を取って自分の皿の上においた。妻の顔がますます赤くなった。妻は左手の甲を右手で強く殴りながら、もとに戻しなさい！　と声を上げた。自分にではなく、他のだれかに言っているようだった。怒りに満ちた声だった。顔を赤らめて左手を厳しく叱りつけている妻を、彼とテヒは初めて見るインターネットゲームを見物するかのように眺めた。叱られた妻の左手が彼の皿から取ってきたカニをそっともとに戻した。気まずい食事が終わりテヒが帰ると、彼はどうなってるんだ、と妻に聞いた。分からない、ある時から左手が勝手に動いてしまうの。妻は左手が自分の意志とは関係なく動くのが今日初めてではないと告げながら、右手で左手を刺すようにぐっと押さえていた。

目を刺すような太陽が沈むころ、彼はようやく体を動かすのをあきらめる。見あげる五葉松は三十メートルはあるようだ。横たわって見あげるからだろうか。動くことができない彼の目に五葉松は生命力に満ちているように見える。青く生い茂った葉のためではない。どの幹も曲がったところなどなくまっすぐに伸びている。黒に近い樹皮は深みがあり、のびのびとした枝も端正にそろっている。それぞれの枝には松の実が詰まった松かさがたくさんついている。彼はその松かさを数えてみる。三十まで数えては忘れてしまい、四十いくつまで数えて数え直し、次は二十もならないうちに忘れてしまった。松かさを数えるのをあきらめて、あれほど実を結ぶための樹齢について考えてみる。何でもいいから考えなければならないと思ったからだ。気をしっかり持つためには考え続けることだ。どこだったろうか。日本の青森か？　白頭山《ペクトゥサン》か鴨緑江《アムノッカン》の近くだったかもしれない。昔の同僚たちと出かけたその森に高くそびえた五葉松の道があった。エゾマツも混ざっていたが、眩しいほど美しい森の出現にバスの中にいた人たちが歓声を上げた。皆は歩きたいとバスを止めた。予定にはなかったことだ。運転手とは五葉松の森が終わる地点で待ち合わせることにした。皆がそうしたくなるほど、まっすぐに伸びた青い五葉松はりりしく美しかった。バスから降りなかったのは彼だけだった。前日飲んだ酒のせいで体がだるかった。彼を乗せたバスは鬱蒼とした五葉松の森の中をゆっくりと進んだ。車窓には訓練された猿が高い木に登って松の実を採っている光景がかすめていった。猿は松かさを採取することにとても熟達していた。五葉松の間を自由に動き回って、ぷつんと松かさを採っていた。人間があんな高いところの実を採るのはとても無理だろう。猿を使うなんて、彼は人間がずるく思われた。二十分ほどしてバスに戻った人のだれかが言った。青森だったか白頭山だったか、そこに暮らす人々は秋の終わりごろの十一月に、クリーム色の松の実がぎっしり詰まった松かさを部屋の中に保管して、冬の間じゅうその実を食べるのだと。

国道沿いの草むらに一人置き去りになった彼は、五葉松の葉があれほど濃い青だったことを初めて知る。五葉松を見あげていた彼の目が一瞬揺らぐ。五葉松は青々として野性的だった。ここで助かったら、彼もそうしてみたいと思った。松かさを部屋一杯に積み上げて、それだけを食べて冬を越してみたいという願望が胸の中で野火のように起きあがった。この状況から抜け出すことさえできれば、いかなることにも耐え抜くことができそうだ。松の実の蛋白質と脂肪だけで、真冬の寒さもやすやすと生き抜くことができそうだ。

五葉松から落ちた松かさが彼の顔を殴って地面に転がり落ちた。彼はぱっと目を開く。デコボコの松かさに殴られた頬がえぐられたように痛い。夜が訪れるのか、そびえ立つ木々の間に闇が広がってくる。彼はその闇に目を凝らす。このように四方が暗くなっていく世界を今まで見つめたことがあっただろうか。いつもは何かに没頭しているうちに、いつのまにか辺りが暗くなっていた。彼が暮らしている都市は闇が訪れるまもなく商店や街灯の明かりがつく。日が沈む前に車はヘッドライトをつけて走る。このように徐々に周辺の光を押し出して水のように押し寄せる闇より、彼は人工の明かりに慣れ親しんでいる。たまに二十三階の事務所からブラインドを上げて外を見渡すと、数え切れない多くの明かりが群れをなして彼の目に飛び込んできた。そういう時、彼はじっと目を閉じては開いた。明かりが彼に向かって蛾のように一斉に飛び込んできそうだったのだ。草むらの中で忘れられた今、闇が降りるのを見守る彼の目は、主人を見つめる犬の目のように切ない。押し寄せる夜の帳《とばり》を見つめる彼の目は、たとえ闇であっても、暖かい幕のように自分を覆ってくれることを願っているようだった。彼はもう一度叫ぶ。だれかいませんか？　だれかいませんか？　力いっぱい叫んでみるが、傷ついた声帯からは唸り声が漏れるだけだった。

妻の左手が伸びてきて他の人の皿からカニを取ったのは、その後に起こった行動に比べればかわいいものだった。妻が植木鉢のカンパニュラに水をやる間、妻の左手はピンクの花びらをむしって潰した。妻が冷蔵庫の扉を閉めてふり向く前に、左手はその扉を開けるのが常だった。その頻度はますます増え、のちには照明のスイッチを消すため三十分も格闘することもあった。右手がスイッチを切って向きを変えると、左手がそれをつける。いらだった妻が顔を赤らめて左手を叩くと、左手は右手を避けるまでになっていた。妻は目をつぶってもてきぱきこなしていた日常のことがだんだん難しくなった。スーパーに行くと、左手は妻も気づかないうちに品物をつかんでカートに入れた。レジに行けば、かわいいが使い道のないカゴ、バドミントンのラケットやバスケットボールなどが入っていた。道を歩く時は、いつの間にか伸びてきた妻の左手がぽっちゃりとかわいい子どもの頬をつねっていた。クローゼットを開けると、妻の左手はすばやく必要のない服を取り出した。人は妻がいたずらをしていると思った。彼もそう信じたかった。しかし何のために妻はそのようなことを。彼が一度病院に行ってみたらどうだ? と言った時、妻の左手が彼の顔に向かってきた。一発殴る動きだった。慌てた妻が右手で左手をぐっと押さえて、寂しい目で言葉を濁した。そうね、外科に行けばいいのか、内科に行けばいいのか……。

いつか彼の会社のサイトに、六十万二千ウォンのファクシミリが担当者のミスで六万二百ウォンと掲載されてしまったことがあった。ゼロが一つ少なかったのだ。同じ品物がどこのサイトではいくらで、どこのサイトではいくらなのか比較できる検索サイトがインターネット上には無数にある。そうしたサイトにも誤った情報が流れた一晩の間に、注文は百台を超えていた。社員たちが眠っている間に契約が結ばれた。しかし六十万二千ウォンのファクシミリを六万二百ウォンで売るわけにはいかなかった。商品を提供する業者は、ニュースにでもなったら会社のイメージに打撃だと文句を言ってきた。対策会議の結果、違約金十パーセントを払って契約を破棄することにした。顧客センターだけでは百人を超える客に電話をかけることができず、全社員が電話にとりかかった。ほとんどの客は何かおかしいと思ったと理解してくれたが、何人かは社長に代われだの、消費者保護センターに持っていくだの、クレームをつけた。そんな処理に追われ三日ぶりに家に帰った日だった。妻はいつものようにドアを開けてくれた。しかし彼が玄関の中に入った途端、妻の左手が彼の顔を思いっきり殴った。驚いた妻が右手ですばやく左手をつかまえたが、左手は右手では押さえられないほど強かった。彼は家の中に入ることもできず玄関先で妻の左手に二度目に頰を殴られた。妻の腕力だとは信じられないほどだった。痛みもさることながら、妻に顔を殴られたという羞恥心のため彼は何も言えずに妻をにらんだ。慌てた妻は涙を浮かべて家の外へ飛び出した。彼の頰に妻の手の跡が赤く残っていた。近所の公園で探し出した妻は、自分の左手が憎い、切り捨ててしまいたい、と泣いた。しかしそれは始まりに過ぎなかった。その後も妻の左手は何かにつけて彼に襲いかかってきた。彼は歯を磨いていたり、食事の最中に殴られた。そして次第に妻の左手を避けるために、彼は不自然な姿勢になった。互いにばつの悪いことだった。自分の意志と関係なく夫に暴力をふるうことになった妻は、彼が家に帰る日は寝室を出て別の部屋で寝た。結局彼が仕事のために帰れない日も一人で眠り、彼が帰る日は寝ている彼の顔を殴る自分の左手のためにまた一人で眠った。

ぞくぞくと寒くなり始める。寒さを感じると、迫ってくる闇を見つめていた彼の目の奥にいっそう不安の色が漂う。夜が深まると、気温はぐんと下がるだろう。眠ったまま目覚めなくなることもある。車はどうなったんだろう。彼は自分の車のことを思い出す。事故現場から離れた草むらに落ちたから、車は発見されても自分を見つけられずにいるのだろうか。そんなことがあるだろうか。ありうるだろう。妻の左手を見てきた彼は、世の中にはいかなることも起こりうると思うようになった。やっとのことで首をもたげて周囲を見回したが、車は見当たらない。その残骸すら。彼は自分が死体のように捨てられているみたいな気がした。だれかに鈍器で背中を打たれて草むらに捨てられたが、死なずに目を覚ましたような気分だった。こんなに完璧に打ち捨てられているとは。自分の左手を見つめる妻の気持ちはこんなものだったろうか。妻の左手が横暴になるにつれ、彼はますます仕事に打ち込んだ。どうすれば売り上げを増やせるのかだけを考えた。会社の初期商品は中国から輸入したものが多かったが、彼はインターネットショッピングモールもブランド中心に変わるべきだと考えていた。オーナーは彼の意見に同意してくれた。彼の予測はまもなく現実となった。客はイタリアやフランス製の化粧品や衣類、バッグや靴などを安く購入するためにネットショッピングを利用した。一足先に有名ブランド品を販売し始めたイエティクラブは、ブランド品のショッピングモールとして認識されるようになった。オフラインよりはるかに安く購入できて自宅まで届けてくれるので、人気があって当然だった。

彼は固まった首を左右に回してみる。深い後悔がよぎる。彼が顧客の好みに合わせて商品を開発している間、妻はますます横暴になる左手を右手で押さえ込みながら一人で過ごした。ある日、リビングのソファに座っている彼に妻は言った。私の左手って、エイリアンハンド症候群なんだって。妻がそう告げる間、妻の左手はおとなしかった。彼はすぐには妻の言葉が理解できず聞いた。何だって？　エイリアンハンド症候群、と答える妻の顔は沈んでいた。だから、お前の左手がエイリアンっていうのか？　と聞き直すと、妻は気恥ずかしそうに笑ってみせた。その笑顔に彼は、妻が冗談を言っているのかとさえ思った。それで治療法についても聞かなかった。妻の左手はともすると押さえられないほどの力で彼の頬を打った。気をつけてはいたものの一発殴られると、彼は屈辱と呆然とした気持ちで言葉を失った。だからといって、うろたえる妻を相手にすることもできない。妻の左手に殴られると、彼は十日も半月も家に帰らなかった。事務所に簡易ベッドを置き、そこで寝起きした。妻は二日に一回ほど下着などを会社の警備室に預け、帰り際に電話をかけてきては申しわけないと言った。妻がいっそのこと母のようにがんか何かであれば、何らかの対策を講じることができたかもしれない。しかし普段は何ともないのに、いきなり勝手に動く妻の左手に彼は打つ手より怒りを覚えた。

体が動いていることを何とか確認したい彼は、闇の中で指を動かしてみる。靴がなくなった左足の指も。目を覚ましてからも恐怖のために気づかなかった空腹感がいよいよ彼を苦しめる。つばを飲み込むと、血の塊が感じられる。顔を回して口に触れた草の葉をかじってみる。土埃と草の苦みが口の中に広がる。妻が作ってくれた温かい料理の数々。フユアオイの味噌汁や塩辛入りの豆腐チゲ、タチウオの塩焼きとミツバのナムル。どれもちょうどよい塩加減だったことに今さら気づく。おいしいと言ったことはあっただろうか。そんな記憶はない。食卓で時々妻が、あなたって本当にチクセなのかも、と言ったことがどういう意味だったのか、今になって気づく。

ある日、彼に電話をかけてきた妻は慌てていた。急いで家に帰ってくれない？　お願い。理由を聞く余裕も与えずに、お願い、すぐに戻ってきて、と言って電話は切れた。急いで家に駆けつけると、家の中は修羅場になっていた。花瓶が割れ、壁にかけてあった絵が床に投げ出され、下駄箱の中の靴がリビングに放り出されていた。キッチンの床には食器やひっくり返った箸立ての箸とスプーンが、鍋やフライパンが散乱していた。割れたビールやワイングラスの破片のために足の踏み場もなかった。それなのに妻の左手はなおカーテンを破ろうとしていた。妻は左手の腕力に引きずられながら、やめて！　お願い、やめて！　とまるで正気を失った姉妹をなだめるように左手に向かって叫んでいた。跳ね回る左手を右手で押さえながら必死で哀願していた。あなた、私を何とかして！　恐怖でまっ青になった妻が叫んだ。彼は辺りを見回して、半分に割れた花瓶の首をつかんで妻の左手に打ち下ろした。妻の左手が静かになった。赤い血が妻の腕から流れた。わざとではないものの、彼は妻の左手に血を流させた。それまで妻の左手に何度も顔を殴られたが、血を流したわけではない。彼は妻を病院に連れて行き手当をしてもらい、妻の左手がひっかきまわした家の中を片づけた。久しぶりに妻といっしょに夕食をとり、ソファに座ってテレビを観て、ベッドに入った。久しぶりの平穏な時間だった。妻は何度も自分の左手に強打された彼の頬を撫で、彼の胸の中に潜ってきた。しかし彼が妻の左手を意識していたせいか、関係はうまくいかなかった。その夜、妻といっしょにベッドに入ったのが間違いだった。真夜中に息苦しくなった彼が目を覚ました。妻の左手が彼の首を絞めていた。妻は顔を汗と涙まみれにして彼の首から左手を離させようとしていた。そのままでは妻の左手に殺されてしまう。完全に目が覚めた彼は両手で妻の左手を押しのけ、妻はベッドの下に転がり落ちた。悲痛な叫びを上げる妻を残し、彼は服を着替えてそのまま家を出てしまった。

冷たい秋の夜、彼は林に広がる夜の匂いを深く吸い込む。夜の空気には秋の山のリンドウやオミナエシの濃い香りと、オトコエシのさわやかな香りまでが混ざっていた。第四の市場と呼ばれるインターネットショッピングモールは三百六十五日二十四時間営業している。つねに目を見開いているようなものだ。大型ショッピングセンターがデパートの売り上げを超えたように、まもなく訪問客中心の小売店の売上額をインターネットショッピングが超えると彼は見込んでいた。自分が売り出した商品が予想通りの売り上げを見せることに、彼は達成感を得た。自分のポータルサイトを開設することが夢である彼は、商品を購入するだけでなく、関連商品の開発を業者に勧めることも忘れなかった。それらの一つ一つがインターネット市場を読み取る経験になった。この秋の夜の匂いをリビング商品と関連させることができるなら、市場に新鮮な風を巻き起こすだろうと考えた彼は、ふと虚しくなる。ここから生きて帰れるかどうかも分からないのに……自分が情けなく思えた。テヒの言葉通り、インターネットショッピングモールというブラックホールに吸い込まれて、世の中と断絶しているのも気づかずにいたのかもしれない。

妻に首を絞められた夜、泣き叫ぶ妻をそのままにして家を出てきた彼は、目を充血させたまま夜が明けるまで事務所の椅子に座っていた。思わず妻の左手に絞められた首をさわってみた。彼はパソコンの電源を入れて、エイリアンハンド症候群と打ちこんで検索した。エイリアンハンド症候群とは、片方の手が本人の意思あるいは意図とは関係なく非正常的、自動的、非協力的に動いて……彼は後頭部を殴られたかのように呆然となった。片方の手が本人の意思や意図と関係なく動く、という文をしばらく見つめていた。朝になって、高校の同級生の中に心療内科の医師がいることを思い出して、何人かに電話をかけて彼の連絡先を調べた。それほど親しい間柄ではなかったので、久しぶりの電話はぎこちない会話だった。彼がエイリアンハンド症候群について知っているかと尋ねると、何、エイリアン？　と同級生は言った。そして、あぁ、エイリアンハンド症候群のこと？　と聞き直した。エイリアンだなんて、彼も呆れてしまう。なんでそんなことを？　同級生は笑い出し、だれかその病気の人でもいるのか？　と尋ねた。いや、ただちょっと知りたくて……。同級生はしばらくしてから、だから……、と続けた。

「外国ではいくつかの事例があるみたいだけど、国内ではどうだろう……医学的に原因が究明されたわけではないけど、脳の損傷と関連があるとされている。外国の事例ではてんかんの患者の中に脳手術後の後遺症で発作的にそんな症状を起こしたりもするみたいだね。脳梗塞の患者の中にもいるみたいだし……とても珍しいケースだからね。そうだな……どう説明すればいいのか、僕にもよく分からないな。片手が言うことを聞かなかったり、両手ともに統制がきかない場合もあるみたいだよ。つまり手が本人の意思と関係なく動くことだね。だけど、なんだ？　お前、もしかして？」

「おれじゃなくて……」

「じゃ、周りにそんな人でもいるのか？」

彼はその質問には答えず治療法はあるのかと聞いた。

「まだこれといった治療法はないいね。自己暗示のような心理療法で頻度を減らす程度かな。僕もそれ以上のことはよく分からないんだ。少し調べてみようか？」

いや、と答える彼に同級生は「周りにそんな人がいたら連れてきてよ。エイリアンのおかげでお前の顔でも見るか」と冗談を言って電話を切った。数日後、家に行ってみると妻はいなかった。鍵を開けて中に入ると、食卓には「左手を切り捨てたいです」というメモが置いてあった。あの日の夜、妻は堤川の実家に行ったようだ。実家での妻の左手はおとなしかった。それだけでなく、時おりその左手で義母が育てているタラノキをやさしく撫でたりするとか。よくなったと思い彼のところに戻ると、妻の左手はふたたび発作を起こした。三、四回、実家と彼の間を行き来していた妻は、結局、彼のところに戻らなくなった。

母が亡くなった後、家の中は埃の動きまでが感じられるほど静かだった。いつも母がすねたり、しゃべりたてたり、延々と昔話を持ち出したりして妻を疲れさせると思っていたが、それだけではなかったようだ。妻は時々彼に聞いた。「あなたの初恋はどんな人だったの？」彼がこれといった返事をしないでごまかすと、妻はまた聞いた。「最初に好きになった動物は覚えている？」。考えてみれば、妻は彼の初めてのことに興味があったようだ。初恋、初めて行った旅行先、初めておいしく食べた料理、初めて飛行機を見た時の感想などを時々聞いてきた。彼はそれらについてあまり話すことがなかった。小学校の同窓生、群山《クンサン》、チャプチェ、とても大きい。それが妻の質問に対する彼の返事だった。何を聞いても単語でしか答えが返ってこなかったからなのか、いつからか妻はそのような質問さえしなくなった。彼は初めて妻に会った日のことを思い出してみる。冬だった。母の無理強いに負けて堤川までお見合いに行く途中、雨が降り始めた。数日前に降った雪が残っていて道路はぬかるんでいた。彼はトレンチコートの襟をたて傘で冷たい冬の風を遮りながら歩いた。彼が付き合った女たちが母は気に入らなかった。腰が細過ぎるとか、不愛想だというのがその理由だった。お嬢さん育ちというのが理由になったこともあった。母がけちをつけても彼女たちが離れなかったら、母もその中のだれかを嫁に受け入れただろう。だが彼と付き合った女性たちは、彼の母に一度会っただけで彼まで敬遠した。母から女たちが嫌がる何かが匂っているのだと彼は考えた。約束した喫茶店に入ったところ、彼のコートは雨でびしょ濡れだった。濡れたコートをどうすればいいのかしばらく迷ったが、彼はそのまま椅子に座った。初めて会った妻は眉毛が濃くて丸い目をしていた。座高が高いようにも見えた。二人はカリン茶を注文した。妻は陶器の湯呑みを両手で包んでそれを飲んだ。冷たい手を湯呑みで温めているかのようだった。言葉少なくお茶を飲んで、二人は喫茶店を出た。その間に雨はやみ晴れていた。雪の後の雨だったので、道はぬかるんでいた。このまま別れた方がいいのか、映画でも観に行こうと誘った方がいいのか、何をどうすればいいのか困ってしまった。ふと堤川にあるお寺のことを思い出した。秋に紅葉祭りが開かれ、きれいな紅葉を見に行く人が多いのも。お寺にでも行きましょうか？　彼が尋ねると、妻はうなずいた。タクシーを拾ってお寺の名前を告げると、十分ほどで着いてしまった。*1一柱門《イルチュムン》まで歩く道もやはりぬかるんでいた。道の両側にカエデが並んでいた。すっかり葉を落とした枝に雨の雫がぶら下がっていた。先になったり後になったりして歩いていた彼の肩がカエデに触れると、女の黒い髪の上にぱらぱらと雫が落ちた。女の口元に笑みが広がった。それで彼はさりげなく何度もカエデに触れた。あの日、何かもっと言葉を交わしたはずだが、彼の記憶にあるのはそれだけだ。彼は何度もカエデに触れ、後に彼の妻となった女は何度も頭や顔に跳ねる雨の雫を笑みを浮かべて拭いていた。

　夜の鳥の鳴き声に彼は耳をそばだてる。林の中で夜を過ごすと、おのずと耳が鋭敏になる。道路の方から聞こえる車の騒音の中からも、彼の耳は近くのすべての音を聞き逃さない。クモが足音で糸を引く音、その上に露が降りる音。昼間は木の枝で寝ていただろうフクロウが五葉松の間を飛び回る音、彼を見下ろして足の爪をすぼめる音、野鼠が草むらをかき分けて素早く道路の方へ逃げる音。それらの音を聞くため、彼は目を閉じる。寝てはいけないという恐れのために耳は一層鋭敏になる。この夜を無事に明かせるだろうか。夜の鳥たちの鳴き声はタッタッタッタッとも聞こえ、チチチとも聞こえ、チョロロロとも聞こえる。普段より何倍も鋭くなった彼の耳は、似ているような鳴き声も聞き分けることができる。それらすべての音を聞いていた彼がぱっと目を開く。母の気配が感じられるのだ。すでに土に戻った母の手と足がうごめいて木の根っこをかき分けてはい上がり、彼を抱き起こすようだった。母は亡くなる三時間前でも生きることをあきらめなかった。呼吸が苦しくなり体じゅうの水が抜け出した状態でも、妻に濡らしたガーゼで舌を湿らせた。話をできるような状態になれば、他の病院へ移ると、担当医師に口にできないほどの悪態をついた。骨と皮だけの痩せ細った母の肉体を見守るのは辛いことだった。黒い洞窟のようだった母の目は、最期の瞬間にも明日の太陽を見ることを疑わなかった。

闇の中で鳥がばたばたと木々の間を飛び回っている。ゴジュウカラだろうか。月明かりで五葉松の枝に逆さまにぶら下がっている一羽の鳥が目に映った。頭と翼と尻尾は青みがかってい て、胸と腹は赤みを帯びている。全身が露に濡れた彼と逆さになっている鳥と目が合う。夜がどのように訪れるのかを見届けたように、朝の訪れも見届けることができるだろうか。そうなるだろうか。鳥を見つめる彼の目が切実だ。

お見合いをしてから三回目のデートで彼はプロポーズし、妻はその場で「はい」とうなずいた。思いがけない返事だった。断らないだろうという気はしたものの、考えてみるとか、親と相談してみるといった言葉もなく、いや、ためらう気配も見せず、あんなに素直に応じるとは思ってもいなかった。まだ手を握る前で、いっしょに映画を観る前で、約束の時間に遅れることの前なので、当然いっしょに酒を飲んだり、列車に乗って出かけることもなかった。女が好きな映画俳優はだれなのか、嫌いな食べ物は何なのか、女が好きな動物は何なのかも知る前だった。そんなことを知る前に結婚したが、彼は今も妻は何がしたいのか、どんな匂いに惹かれるのかを知らない。闇の中で鳥の目を見つめていた彼の目が揺れる。これまでだれも、母でさえ、何かに対してそれほど簡単に「はい」と答えてくれた人はいなかったことに、今さら気づく。彼自身も他の人に、そんな風に一度で「はい」と答えたことがなかったことにも。いっしょに働いている人にはもちろん、母にもテヒにも、そして妻にも。返事が必要な時、彼はいつもためらった。特に、はい、と肯定する返事には理由をつけ、「ただし」をつけた。そんな彼には、はい、とその場でプロポーズに応じる妻の返事は嬉しかったというより、物足りないほどだった。新婚旅行の時だったろうか、いくらなんでも結婚の申し込みに即答だなんて、なぜそんなことができたんだ？　と妻に聞いたことを思い出す。妻は初めて会った時の彼のトレンチコートを見て、すでに心を決めていたと言った。トレンチコート？　雨に濡れていたから？　妻は首を横にふった。秋も終わり冬に入っていたのに薄いトレンチコートを着ている彼がとても寒そうだった、それに上から三番目のボタンが今にも取れそうだったと言った。妻はあの日、そのボタンが取れてしまうのではとずっと心配だったと。そうだったろうか。彼がどんな話をすればいいのか分からなくて、カエデの枝の雫を落とすのに気を取られていた時、妻は彼のコートにぶら下がっている三番目のボタンを気にしていたのか。彼は少しの間自分の境遇を忘れて、林の匂いの中で笑みを浮かべる。

月が傾いていく、空腹と寒さに堪えるために彼は闇の中でつぶやく。オオカミが通っていく、と意味もなくつぶやく。オオカミは通っていったが、ヒョウや虎やライオンのような猛獣がそれぞれ大きな木の上に陣取って、一人置き去りにされた彼の見物をしているようだ。猛獣たちは昼間は寝ていて夜に行動する。新婚旅行で行ったシンガポールのある川岸に動物園があった。あまりにも広大だったので動物園というより密林の中にいるようだった。どこからどこまでが檻なのか分からなかった。山道を曲がればコアラが現れ、また十分ほど歩けば象に会うことができた。水の中には小さな蛇がはい回り、鴨が浮かんでいて、木の上ではあまり大きくない鳥が羽ばたいていた。この規模にしては動物が少ないね、と二人で話した。それでも密林のような雰囲気が気に入って昼の間ずっとそこにいた。チケットを買った時は分からなかったが、一枚のチケットで昼も夜も入場できることが分かった。夜になってふたたび動物園に入った二人は目を丸くした。そこは、昼訪れた動物園ではなかった。太陽の明るい昼間、平和でのんびりと遊んでいた動物たちはすっかり姿を消していた。その代わり闇と月明かりが降りた黒い岩の上にヒョウがお腹を見せて座っていた。鷹と鷲が闇の中を悠然と飛んでいた。暗い木立の中では歯をむき出しにした虎が吠え、月明かりを受けたオオカミが白い岩を上っていった。照明を受けたライオンはたてがみと前足を立て水際に座っている。暗い水の中では大きさの分からない蛇が音も立てずにはい回った。猛獣が闇とともに姿を現すと、昼間外に出ていたおとなしい動物たちは木の枝や洞窟の中に身を隠して息を殺しているのだろう。

ここには猛獣などいない、恐怖を押し殺しながら彼はつぶやく。猛獣がいたら、鳥たちがあんなに羽ばたいたりしない、とつぶやいただけなのに、歯がカチカチぶつかるほど寒さを感じる。寝たら終わりだ、彼はまたつぶやく。口の中にずっと出血があるようだ。つばを飲み込めば、相変わらずしょっぱい血の味がする。寝ないために、彼は木々の間から見える月から目を離さない。月を見あげるのも実に久しぶりだ。妻はよく空を見あげていた。雨が降りそうよ、とか、あら、お月さまが出てきたわ、という妻の言葉に彼はようやくちらっと空を見あげた。月がこんなにも明るいので、堤川にいる妻もきっと月を見あげただろう。ひょっとしてこの瞬間も妻は月を見あげているのかもしれないと思うと、彼は切なくなった。また妻といっしょに月を見あげる日が来るだろうか。今夜、この五葉松の林で見あげた月のことを妻に話すことはできるだろうか。月をかすめていくあの雲について、どこか水の多いところへと流れていくような、あの悠々とした月の動きについて。黄色い月明かりのためか、辺りはそれほど暗くない。野性的な五葉松の濃い緑もはっきりと映る。また妻に会うことができるなら、いつか十一月に妻といっしょにこの林に松かさを拾いに訪れよう、彼は考える。ふと妻の左手は松の実を採りたがるかもしれないと思った彼の目が揺れる。いつだったか、自分の首に巻かれた桃色のスカーフをそっと解いていく妻の左手を見て、テヒが言った。お兄さん、お義姉さんの左手って、実はお兄さんに話したいことをやっているんじゃない？　何の話だ、と彼はテヒを見つめた。私もこんなスカーフがほしい……そんなことを言ってるのではないのかって、とも。あの時はばかばかしく思えたテヒの言葉が、雪だるまのように膨らんで彼の胸を押さえつける。テヒは彼に借りた二千万ウォンで部屋を借りて一人暮らしを始めた。そしてそのお金を返すため、二年間に給料の八十パーセントを貯金したそうだ。私って、人に借りがあったら気が済まないもの。母によく聞かされた言葉だった。テヒが満期になった定期貯金を持ってくると、彼はそれを受け取り銀行に預けた。テヒが結婚でもすれば渡すつもりだった。インターネット新聞事業の投資金に、退職金とテヒから受け取ったその金を出した。すぐに取り戻せると思ったが、事業をやめた時はテヒの金もなくなってしまった。テヒが二年間も給料の八十パーセントを貯めた金だというのを、なぜ今になって気づくのか。

彼は妻にこれといったプレゼントをしたことがない。スカーフもネックレスも靴もバッグも。妻が別段不満を言わなかったので、二人にはそれが自然なことのようだった。彼は五葉松を見あげながら、妻はどんな服を着ていたのか、どんな靴をはいて、どんな財布を持っていたのか思い出そうとするが、何も思い出せない。彼の心が揺れる。そうだったろうか。妻の左手は妻の心でもあったのだろうか。妻がとても言えなかったことだったろうか。スーパーマーケットに行って妻の左手がこっそりカートに入れたのは、イチゴでも洗剤でもホウレンソウでもない、バスケットボールでありバドミントンのラケットだった。妻はバスケットやバドミントンがやりたかったのだろうか。夜の草むらの中で、彼は初めて妻のことを深く考えている。妻の初恋はどんな人だったろう、夢は何だったろう、タバコを吸ったことはあっただろうか、膝の下の傷跡はなぜできたのだろう、母に聞いた話の中で一番心に残ったのは何だったろう、過ぎた日ではなく、今やりたいことは何だろう、猛烈に知りたい。妻の左手がやりたいことは別にあったのだろうか。妻の左手は彼の顔を殴って首を絞めたが、義母が育てているタラノキをやさしく撫でたりもする。妻の左手がやさしく触りたいものはタラノキの他に何があるのだろう。彼は逆さにぶら下がっている鳥と五葉松と月に向かって見開いていた目を閉じる。それが何なのか分かるチャンスが自分に訪れるだろうか。草むらの向こうの国道を走る車の音も途切れ、一瞬に四方が静まり返った。草の葉が彼の手の甲をくすぐる。風が、とても微かな風が置き去りにされた彼の体をかすめていく。深い闇の向こうで体をすくめていた黒い獣たちがゆっくり身を起こして彼に近づいてくる気配がする。

＊1【一柱門】寺院の入口にある、柱が横に一列に並んでいる門。煩悩のために乱れた心を一つにして浄土に足を踏み入れるという意味が込められている。

ジャガイモを食べる人たち

私は今、雨がやむのを待っています。病院の庭の枯れゆく黄色い芝を、さあっと秋の雨が洗っています。静かに顔を隠そうとしていた古いものたちが、雨に打たれひりひりしていることでしょう。窓をそっと開けてみます。ふわっと冷たい空気に混ざった雨の匂いが、ざあっと部屋の中に流れ込みます。風が髪をなびかせ、すっと顔が軽くなった感じがします。秋ですね、山や川だけでなく、この病院にも。ある若いカップルは一つの傘に体を隠し、手が触れ合うたびに頬を赤く染めて街を歩いていることでしょう。同じ時間、この病院のあの上の階の窓際では、長い間入院している人たちが雨を眺めながら考えていることでしょう。来年もあの庭を眺めることができるだろうか、と。あの雨の中の紅葉や、大木の根元や、時計塔や……思い出を。

冷たい空気にさらした顔を雨がかすめていきます。どこかで列車の車輪の音がかすかに聞こえるようです。時おりすべての考え事が途切れて静寂が訪れる瞬間、窓の中と外の距離が数千里もあるように現実感を失う時、ふと向こうの角を曲がって現れては矢のように村を疾走していく列車の車輪の音に、私の耳がつんとなる時があります。たった今のように。

雨がやめば家に帰って、少し寝てから出なおすつもりです。父は少し前に眠りにつき、一時間後には弟が病院へ来ることになっています。雨が上がれば、弟を待たずに家に帰ろうと思います。なぜか体も心もとても疲れてしまいました。頭の中も少しこんがらがっています。数日後に予定されているレコード会社の企画担当者とのミーティングが失敗に終わるのではないかと心配であり、正体のはっきりしないものへの切ない懐かしさが胸に染み入ったり、ふと母に電話しなくてはと思いついたりもしています。自分のベッドで少し休めばよくなるでしょう。

遠くから見れば、私は一つのシルエットに過ぎないでしょう。雨の降る病院の窓際に立っている一つの暗いシルエット。

不思議です。この病院の窓際に立つのは初めてですが、私はいつだったかここに立って、思いにふけって歌を歌ったことがあるような気がします。あの雨のせいでしょうか。世に降り注いだたくさんの雨は、か弱い人々を窓際へと誘ったことでしょう。私も過去にそうしただろうし。初めて出した私のアルバムのみじめな失敗のために次のアルバムが出せなくなった時、目覚めたくない長い昼寝をしている時、スタジオに立っている時、だれかに電話をかけたり机の引出しを開ける時……ぱらぱら降りしきる雨の音にそっと窓際に近づいたことが一度や二度ではなかったことでしょう。そのつど、何かの思いに浸っていたことでしょう。その思いのどこかに染み入る寂寞、そしてその寂寞を突き抜けてガタンゴトンガタンゴトン、と走ってくる列車の車輪の音を聞きながら、私の境遇やだれかの境遇を考えたことでしょう。ほとんどはまだ何になるか分からない自分の境遇を憐れみ、窓際に立っていたことでしょう。知ることのできない未来がもたらす不思議な不安と風のような自由。雨の音はその二つの感情を行き来しながら、私を思いにふけらせたことでしょう。不思議なことです。そのたび、なぜ私の耳には角を曲がって走る列車の車輪の音が聞こえたのでしょうか。ずっと前、生まれ故郷を離れる時、だれかが私に言いました。駅まで見送ろうか？　私は首を横にふります。ううん、それはあまりにも悲しいことだから。その瞬間、私ははっとしました。私の体の中のこだまを聞くような気がしました。それは私の言葉ではなく、だれかの切ない気持ちが私の口を通して発せられているようでした。ユニ姉さん、私もそんな歌を歌うことができるでしょうか。だれかの体の中にこだまとして入り、ふたたびだれかに伝わる、そんな歌を。

私がなぜユニ姉さんにこのような手紙を書き始めているのか、自分でも分かりません。それも父の病室で。一時期の私は、まるで手紙を書くために生きているかのように、たくさんの手紙を書きました。この都市に出てきてまもないころは特に。窓の外はよそよそしくて、心を寄せるところがどこにもなくて、生まれ故郷においてきた人々に手紙を書きました。今は私を忘れたであろう人々に送ったそのたくさんの手紙には、どんなことが書いてあったのでしょう。あのころは、手紙を書くことが自分の体の一部のようでした。それが歌うようになってからは、プライベートであれ仕事であれ、手紙を書かなくなりました。いいえ、書けなかったと言わなければ。時おり書くことができたとしても、出すことまではできません。書いてある手紙を読み直すと、これは違う、と思えてしまうのです。歌のようではない文章が、嘘のようだったと言えばいいでしょうか。毎回何かがいき過ぎているとも思いました。なぜなのでしょう。歌手になる前はあんなに自然だった手紙を書くことが、歌い始めてから難しくなったのは。この手紙もユニ姉さんに出すことにはならないように思います。歌ならいくらでもお姉さんの前で歌えるのに。

雨脚が弱くなりました。そろそろ家に帰ります。

田舎の家の母は、今何をしているのでしょう。落花生を掘っているでしょうか、それとも枯れてしまった唐辛子の茎を抜いているでしょうか。この雨があの村にも降っているのなら、裏山のクヌギとカシワの葉をばらばらと落としていることでしょう。栗の木の下にはもうだれも拾わない栗がこんもりと積まれていて、夜になると裏庭の柿の木の葉が音をたてて表庭へと吹き飛ばされてはさ迷っていることでしょう。家を持つことのできなかった人たちのように。父のいない家で母は一人刈り入れをしています。刈り込んだ稲を干し、脱穀して。父をその地方の病院からこの都市の病院へ移した時、いっしょに行こうとする母を父は厳しく叱りました。田畑の仕事を放っておくつもりかと。春に種をまき、夏の間に八十八回も手をかけ、ようやく実を結ぶのに、家族皆で病院にいるつもりかと。結局母は涙をのんで一人家に残りました。子どもを六人も育てあげましたが、私たちはだれひとり刈り入れの仕方を知りません。知っていたとしても、この都市のビルにある職場の机の前でパソコンのキーボードを叩き、電話をとり、文書のやり取りをしていて、数日も続く刈り入れのために席を外すこともできません。

七年ぶりに再発した父の病気に最も驚いたのは母のはずですが、父が倒れる二日前にお酒を飲んだという伯母の話に、私たちはみんなで母の方を見つめました。母が父の病気を再発させたかのように。父の病気が二日前に飲んだお酒のせいのはずはありませんが、どこに気持ちをぶつければいいのか分からない私たちは母に怒りだしました。そうです、母だという理由で。六人がかわるがわる一言ずつ言っても六言。責め立てる言葉に込められたのは、父の体に対する心配だけではありません。都会の日常に積もっている書類、あるいは仕事で会わなければならない人々や事柄が、何日も集中治療室にいる父のためスムーズに運ばれないことに対するいらだちが母に注がれたのです。なぜお酒を飲んでも放っておいたの？　お酒がお父さんにどれほど悪いのか、知っているでしょう？　最近、家を建て直すことで、父と母の意見がしょっちゅうぶつかっていたという話を聞くと、家を建て直すという父の肩を持ったわけでもないのに、六人がまた母に文句を言います。母さんがいらいらさせたから、そのストレスで倒れたのよ。

とうとう母は、お前たちはこの七年、父さんの病気など忘れていただろうけど、私は父さんの息の音が少しでもおかしけりゃ心臓がばくばくしたんだよ、と涙を見せると、ようやく私たちは口を閉ざしました。あの時も聞いた気がします。角を曲がった列車がガタンゴトンと村を横切る音を。

七年前、一年に四回も気を失った父を一人で入院させたことがある母は、それ以来父と二人であの家で夜を迎えることを恐れていました。一度も都市で暮らしたことがないのに、時おり母はこの都市へ移り住みたいという気持ちをちらつかせたりもしました。この都市へではなく、この都市を離れられない子どもたちの近くへでしょう。

夜、父さんの息が坂を上るように険しくなれば、私ひとりで父さんの臨終を迎えるのではないかと、恐ろしくて嫌なんだ。

しかし、父はその村を離れるつもりなどまったくありません。そこには父が守らなければならない先祖のお墓と一族の田畑があります。家産を整理して都市にいる子どもたちのそばに来たがる母とは逆に、父は村を離れるどころか、新しい家を建てようとしました。母は家の改築に反対でした。経費も問題ですが、母は父と二人きり、そしていつかは一人でその家に残されることを恐れていたのです。私は時おり母の表情から、子どもを六人も育てあげたのに、なぜ一人で父さんの臨終を見守らなければならないんだ、という胸の中の嘆きの言葉を読みます。人生とは分からないもので、母の方が先のことだってありうるのですが、私たちはなぜか母の健康についてはあまり心配しません。そもそも病人がいれば、そばにいる人はろくに病気にもなれないものですね。

父は変わりました。心を表情にあらわすことなどなかった人が、しばしば泣きます。人に涙を見られれば、すぐに顔をそらします。一番顔をそらすことになるのは私です。他の家族は仕事や子育てで忙しく、どうしても身軽な私が父のそばにいることが多いのです。父が涙を見せると、私はただ持っていたヤカンを下ろし、用もないのに小さな冷蔵庫の扉を開けては閉めます。涙を見せる人のそばにいるのは、相手がだれであれ困惑します。それが父親だと、その涙を何度目にしても、毎回当惑し、胸が締めつけられます。私がどぎまぎすると、父はもう寝ているふりをします。小さないびきまでかいて。今まで泣いていた人がそんなにすぐ寝つくわけありませんが、私は父が寝ついたことをよく知っているかのように、わざと足音を忍ばせて静かにドアを開け病室の外に出ます。
父を見ていると、私はすべての人間が持っている過去が痛いほど感じられます。影のようにはりついているあの過去に、だれが背くことができましょうか。結局は今日も明日の過去なのに。それでも時には鎧《よろい》のように堅固な過去に抗いたくなります。あの鎧を脱いでしまえば、呼吸できそうな時もあります。病室で横たわりひっそり涙を流している父が、一時は村で一番ハンサムな青年だったことを、榎《えのき》の下で腕相撲をすればだれにも負けなかったことを、だれが想像できるでしょうか。ポマードをつけた黒い髪をオールバックにし、ぶるんぶるんとバイクで山道を疾走していた若き日の父を覚えています。気性の荒い雌鶏が弟のふくらはぎをつついて血を出した時、一瞬で雌鶏を捕まえて首をひねった父の腕にぷっくりと浮き上がった血管を覚えています。一番上の兄に鴨の血を飲ませるため、霞がかかったような明け方に鴨の脳天に刃物を打ち下ろした姿も。もともと口数の少ない人ですが、歌う父の若い日を記憶しています。

三月三日[*1]　つばめが戻ってきて
蝶々はひらひらと舞い踊り
木々は芽吹き　花を咲かせる
春の夢は広がり　遠山ははるか

近山は重なり合い　奇岩はそびえ立つ
山々が鳴り響き　千里の川は青山を巡り
こちらの渓谷はさらさら　あちらの渓谷はどくどく
十と十二の渓谷の水が一ケ所に流れ
上へ下へと跳ね上がって流れ　波とうねり流れ
しぶきは泡となり　屏風岩にどかんと叩きつけ
山がゆらゆらと流される
どこへ流れゆく　お前のところか
こんな景色がまたあるか

弾むように響き渡った歌声。父の魂が溶け込んでいる声を押し殺して、このみすぼらしい暮らしにとどまるしかなかったのは、足首が太くなってすくすくと成長していく私たち兄弟のためだったでしょう。あれほど好きだった太鼓を棚の上に片づけたのは、子どもたちの前ではただ現在と未来に力を注ぐしかなかったからでしょう。あれほどがっしりした肩をしていたのに、ふとこれまで生きてきた跡を一気にかき消して泣いているのです。わしはなぜここにいるんだい、と言いながら。

首のあたりが露わな入院服を着て焦点の曇った目と疲れた体で、おびえた子どものようにベッドにうずくまっているあの人と、その昔、黒い皮ジャンの中に若い肉体を隠し「荒れ狂う思いに勝てずゆらゆらと踊る……」と高らかに歌っていたその人は、どう繋がっているのでしょう。思わず目をつむってしまいます。父の体に刻まれた貧しかった過去、病気に侵された現在、そして一人で土に戻る未来だなんて。

近年、父のおもな仕事は先祖のお墓の手入れでした。時たま墓参りにいっしょに行くたび、私はずらりと並んだお墓に呆然として何度も瞬きをします。あのお墓の主はだれなんだろう。父は数年前から計画を立て、先祖の古いお墓を整備し墓碑をたて始めました。父が本当にたてたかったのは、父の父の墓碑です。ある年、父は言いました。親父の墓に碑石をたてたいのだが、前の代の墓にも墓碑がないのに親父の墓だけにたてるのは憚《はばか》られると。あの時も私には理解できませんでした。父が自分の父親を亡くしたのは十歳の時ですが、そのおぼろげな記憶の中にどんな思いがあって、墓碑をたてるのにあんなに熱心なんだろうと。父は父親の墓に墓碑をたてるため、前の代、その前の代まで墓碑をたてました。費用もさることながら、そのたびに母が引き受けなければならない細かな仕事も多く、母とはしばしば摩擦がありました。考えてみてください。子どもの結婚祝いにもらったお金で墓碑をたてる夫、人工受精をして十ケ月待って生まれた子牛を大事に育てたのに、それを売って墓碑をたてようとする夫を。毎度快く賛成する奥さんはそういないでしょう。それでも父は毎年墓碑をたてて、昨年はとうとう父の願いだった自分の父親の墓碑をたてることができました。私の祖父と祖母の墓の前です。大きな仕事をなしとげたように満足げな父の姿に、私は墓碑に彫られた碑文を指でなぞりながら読んでみましたが、記憶するほどの内容はありませんでした。いつ生まれていつ逝った、子孫はだれだれだ、といった内容です。なぜ墓碑をたてるのに老後をついやしたのか、まだ若い私には不思議です。ただ兄弟たちの名前の中にある自分の名前をぼんやりと見つめるだけでした。一度も会ったことのない祖父の墓碑に名前が刻まれるのに、何の意味があるのだろう。山道を登ってきて疲れるだけでした。父は両親の墓の下に自分の仮の墓まで作っておきました。ここがわしのところだ。その隣は当然母の場所です。父は自分の仮の墓に手をついて、父親の墓を見つめました。その姿はあまりにも寂しそうで、お墓に向かって何か話しているようでもありました。どんな話だったでしょう。たった十歳で死別した父親に、父は何を語ったのでしょう。お父さん、やっとこの世での仕事が終わりました、でしょうか。それとも、わしは幼い子どもたちを残して、あなたのように早く逝ったりはしませんでした、でしょうか。どんな話であれ最後は、わしもまもなくそちらに行きます、だったでしょう。私は父の後ろでぺたんと座り込み、青い山を切り拓いたところにある数々のお墓を呆然と眺めました。心が寂寞とし、また列車の車輪の音が。ガタンゴトンと列車は矢のように寂寞を突き破って、父の後ろ姿を押し倒して走っていきました。

父は今、睡眠状態をチェックするため検査室に入っています。今夜はそこで寝るのだそうです。私は父が横になっていたベッドでうつ伏せになって、この手紙を書いています。子どものころ、学校の宿題をしていた時の姿勢です。あのころは、オンドル部屋の温もりと蠅帳《はいちょう》をかぶせた向こうのお膳からキムチの匂いが漂っていましたが、今私の肘の下からはかすかに父の体臭がします。皮をむいて時間が経った梨の匂いのようでもあり、夏の日に台所にぶら下げておいたご飯を保存するかごを開けた時の、ふわっとする匂いのようでもあります。昼、父が私を呼ぶのでベッド脇に行ってみたら、全州《チョンジュ》の病院にいた時はなぜ来なかったんだ、と聞きました。私はしばらく呆然としてしまいました。全州で半月もいっしょにいたのに、それが思い出せないようです。五日間は意識がなかったので仕方ないかもしれません。集中治療室にいた父は、意識がないまま腕や足を動かし、時には何かに驚いたようにむくっと起き上がろうとしました。集中治療室は面会時間が決まってますね。それはお姉さんの方がより詳しいでしょう。家族でも面会時間でなければ入ることができませんが、父が腕と足をベッドに縛りつけても動くので、だれかがそばで見ていなければなりませんでした。かわるがわる家族が入りました。後の十日ほどは一般病室に移り、家族と話したり家のことを心配したりしていたのに、突然なぜ病院に来なかったのかと聞くのです。どうも父は自分を試しているようです。自分の記憶がどんな状態なのかを。父を最もがっかりさせることです。本人は寝ていたつもりなのに病院に来ていて、少し寝ていただけなのに五日も経ったというので納得いかないんだと思います。意識がなかった時のことなので仕方ありません。父は気づいてませんが、意識が戻ってからもそうでした。一日中病室にいた弟が夕方になり帰るとすぐに、つかえつかえしながら聞きました。おい、おい……ところで……チョルのやつ……あの子はなぜ顔を見せないんだ？　私は父をがっかりさせることも嘘をつくこともできず、ただ笑っていました。しばらくすると、父は恨めしそうに、なぜあの時わしを自由にしてくれなかったんだ、と言うのです。全州の病院にいた時、時おり意識が戻ると、父はベッドに縛ってある腕と足を解いてくれるよう哀願しました。とても辛かったのでしょう。私が、それは覚えてる？　と尋ねると、私に冷たいやつと言います。あんなに頼んだのに解いてくれなかったと。胸が痛くなりました。私は解いてあげたのに。看護師さんにはダメだと言われたけど、私は父のあの曇った目、あの切実な目を断ることができませんでした。もちろん腕と足を一度に解くことはできません。右腕を解いてしばらくすると縛って左腕を解き、左脚を解いては縛って右脚を解きました。父の手首と足首は縛りつける包帯のため血のめぐりが悪くて、ぷっくりとはれていました。動くたびに鉄製のベッドにぶつかり、あちこちに痣《あざ》ができていました。冷たい水で濡らしたタオルを痣ができたところに当てると、目頭が熱くなりました。父は口数の少ない静かな人です。時おり鼓手《コス》みたいに太鼓を前にして座り、リズムをとりながら水宮歌《スグン》*2や沈清歌《シムチョン》の有名な演目を歌う時以外は、静かというより、言葉がつかえる癖があるのではないかと思われるほどです。そんな人がどれほど苦しかったらあんなにもがくのか、父の脳髄に浮いているという、その動く石灰質が恨めしかったです。

父の体臭がするベッドにうつ伏せになっていると、私はなぜ自分がユニ姉さんにこうした手紙を書いているのか、分かる気がします。姉さんはこの匂いを知っていると思ったのでしょう。病弱な身内から漂うこの心細く哀れな匂いを、お姉さんは知っていそうです。襟首……張りがなくなり、まだらにシミができた肌を目にするたびにうろたえてしまうこの気持ちを、お姉さんは知っていそうです。つけっ放しのテレビで海辺のヒトデの話をしています。アカヒトデは子どもの手のような形をしています。星の形をしたヒトデは弱い魚を餌にしているので、ヒトデに会えば小さな魚たちはびっくりして逃げるのだそうです。星の形をしたヒトデの腕は切り落としても、すぐに新しく出てくるとか。マジックではなく、それがヒトデの特性だというナレーションに、私はようやくテレビに目を向けました。五角形のヒトデは本当に星のようでもあり、子どもの手のようでもあります。撮影したのは北海道の浅瀬です。ヒトデは水中で平べったくなっています。あの動いている部分を切り離してもすぐに生えてくるというのですね。ヒトデは五つの腕の先をひらひらさせながら泳いでいます。命のあるものすべてにそれぞれの特性があり、あの手の形をした腕を一本切り離しても生えてくるのは私たち人間ではなくヒトデの特性ですが、私はそれがうらやましく思われます。

お姉さんと知り合ってだいぶ時間が経ちました。ムニは元気にしていますか。まもなく始まる新学期には三年生になるのですね。今も日曜日には教会に行かれるのでしょうか。プライドにムニを乗せてお出かけもされるでしょう。車ではなく、プライドと書いてしまいました。お姉さんが車のことをいつも、「私のプライド」と言ってましたから。私のプライドで家まで送ろうか？　私のプライドでお昼食べに行く？　って。お姉さんが「私のプライド」と言うと、世のすべてのプライドがお姉さんのものでもあるような力があったのに、私が言うとただの軽自動車にしかならないですね。

お姉さんがプロデューサーとして働いているラジオ局の音楽番組で私がリポーターをしていた時、お姉さんは今の私の父のように泣いていました。私の仕事は、作曲家や声楽家、ピアニストなどのミュージシャンにそれぞれが好きな曲とその理由をインタビューしてきて、編集することでした。選曲したアルバムを探しにＡＶ室に入ったお姉さんがなかなか出てこないので行ってみると、お姉さんはバッハやドニゼッティ、ロッシーニやビゼーの間で泣いていました。ぎっしり並んだＣＤ棚の間で目を赤くし背を向けているお姉さんを見つけて、私はそのまま扉を閉めて出てきました。スタジオで日曜の分の録音をしながらも、ある瞬間お姉さんの目は涙に濡れ、それを隠すため窓際へと立つと、私も椅子から立ってスタジオの外に出てきたものです。それでもいっしょにいる時間が長くて泣いている姿を見せてしまった時、お姉さんは私の父のようにすぐ顔をそらしました。私が歌手になりたいと告げた時、驚いたお姉さんの顔が浮かびます。歌手になりたいって？　それからの私は、お姉さんの前でたくさんの歌を歌いました。叔母さまが経営していらっしゃるレストランで歌えるようにしてくれたし、最初のアルバムを出せるようレコード会社の人にも会わせてくれました。そのアルバムがあれほどまで惨敗しなかったら、この一年間、私がお姉さんに会えないこともなかったでしょう。

今日、父の睡眠状態の結果が出ました。睡眠チェックは三日間続きました。夜に睡眠室に移動させられ、朝出てきました。よく眠れました？　と私が聞くと、父は笑ってみせました。寝ようとすると何度も名前を呼ばれてダメだったよ。私もただ笑ってみせました。睡眠に異常なしと診断されるためには、自分の名前を呼ぶ声が聞こえてはダメなのです。予想通り父は深刻な睡眠障害と判断されました。脳が眠らないそうです。それでも父は、わしは寝た、と言います。脳は起きていて、疲れた体だけが気絶したようになっていたのでしょう。眠らない脳だなんて。父の脳は深夜にも眠らず、何を考えているのでしょう。医師から父の脳の状態について説明されるたびに、私はブラックホールに陥る気分になります。父の脳髄の中には石灰質が浮かんでいるのだそうです。悩み事があったりストレスがたまったりすると、その石灰質が動き、それが動けば途方もない苦痛とともに意識を失うのだと。それが父の病気です。意識が戻るまで、父は自分に何が起きたのか分かりません。目を覚ますと決まって、ここはどこだ、と聞きます。気を失うたびに記憶力が大きく衰えます。直前のことも忘れます。それなのに、今度は眠らない脳だなんて。私はどうしても父の病状を想像することができません。脳の中の水だなんて。そこに浮かんでいる石灰質だなんて。どうしてその迷路の中に石灰質が。その石灰質とは自然にできたものでしょうか。

なんでしょう、向こうで音がします。洗濯室でだれかが倒れたようです。どしん、と何か壊れる音、泣き声もします。ちょっと行ってみます。

ちょっと覗くつもりが、二時間も経ってしまいました。

洗濯室では人が倒れたのではなく、隣の病室の患者の奥さんが洗濯の途中にそれを投げ出して泣いていました。この病院には信仰を持つ患者のためにお寺やカトリックとプロテスタントの教会があります。もちろん形だけの施設ですが。カトリック信者の父のため、ミサのある日は父と教会に行ったりしました。隣の席に座っていた方です。ミサの後にエレベーターの中で挨拶を交わしてからは、果物ナイフを借りたり、読み終わった本を交換したりしていました。一人部屋なので病室に父が一人の時は、たまに覗いていただくよう頼んだりもします。四年前、工事現場で働いていたご主人はビルから転落して木材に頭をぶつけてから、子どもになってしまったそうです。子どもになってしまったご主人は何も記憶することができず、食べ物にばかり執着するとのことです。自分の子どもに会っても、だれ？　と言って。トイレも一人では行けないので、介護者が付きっきりです。それでも奥さんはいつも明るい笑顔でした。どうしてあんな笑顔でいられるのだろう、と思ったほどです。泣いている奥さんを見つけた時は、転んでケガでもされたのかと思いました。ケガをされたんですか？　と尋ねる私を見た奥さんが堪えていた涙を流してしまいました。洗濯していたのはご主人の下着です。石鹸を塗りつけたところは便で黄色くなっていました。私の腕にしがみついてあまりにも悲しそうに泣くので、奥さんに腕を捉えられたままにしていました。通りかかった看護師さんが入ってきて、どうされましたか？　と声をかけるまで、奥さんは泣きやみませんでした。私は大丈夫だと目配せで伝えました。この病院に来た時、私のことに気づいてくれた看護師さんです。翌日は私のアルバムを持ってきてサインをしてほしいと言いました。ほんのわずかしか売れなかったあのアルバムの一枚を、その看護師さんが持っていたのです。看護師さんが出ていった後、奥さんはようやく泣きやみました。袖ですっすっと涙を拭いた奥さんは便がついたご主人の下着にまた石鹸をつけました。手を見ればその人の生きてきた時間が分かると言われます。水にふやけていっそう太く見える指の関節が折れるのではないかと思うほど、奥さんは洗濯板に下着をこすりつけました。それでもきれいにならない便の跡にふたたび石鹸をこすりつけながら、奥さんは沈んだ声で言いました。私は罪深い人間です。神さまを信じると言いながらも神さまのお言葉を守ることができません。神さまという言葉に、私は病院のエレベーターの中に貼ってあった文面を思い出しました。「悲しんでいる人たちはさいわいである、彼らは慰められるであろう」と書いてあります。その言葉は、その日の気分によって不満をかきたてたり喜びを与えたりします。心が乱れている時は、それで？　と問い返します。慰められるために悲しまなければならないというのか、意地悪な反抗が心をさらに乱します。そうかと思えば、時にはその言葉が静かに胸に染み入ります。なすすべのない深い悲しみに陥った時は、それでもその言葉が拠り所になり胸を鎮めてくれました。朝晩に変わる心とは関係なく、その文面はいつもそこに貼ってあります。

奥さんにはお子さんが二人いるのですが、ご主人の事故の後、上の子は実家のお母さんが、下の子はお姑さんが面倒をみているそうです。今日は下の子の誕生日なので、ケーキでも買ってあげようとしばらく病室をあけていたら、ご主人がズボンにいっぱい便をもらしていたそうです。そのまま歩きまわったり飛び跳ねたりして、太ももふくらはぎも便でべとべと。ご主人の服を脱がせお風呂に入れているのに思わず、死んでくれ、いっそ死んでくれ……という言葉が出てきたそうです。何度もこすり洗った下着をすすぎながら、奥さんはまた涙をたたえた目で私を見つめました。私、悪い人間でしょ？　私はどうすることもできず、立ちつくしていました。私にはかける言葉もできることもありませんでした。奥さんは神父さんに懺悔《ざんげ》でもするかのように、今日だけじゃありません、と言いました。毎日毎日そうだったんです。毎日、いっそのこと死んでくれたら、死んでくれたら……と望むのです。それからそんなことを考えたことが申しわけなくて、マリア様の前でひざまずいて祈ります。そのくり返しでした。それでも今までは胸の中だけだったのに、今日は、それが主人をつねりながら声に出てしまったのです。死んでくれ、いっそ死んでくれ……。主人はそんな私の言葉にも水遊びをしてました。自分はそうしていた方が楽なんでしょう。回復したって、行くところは工事現場しかないし……。奥さんの目にたまっていた涙がこぼれ落ちました。私はもうお祈りもできません。奥さんは洗濯していた手でおおった顔を膝にうずめてまた泣きました。私はぎこちなくそばに立っているとしかできません。私の知っている言葉に、奥さんを慰める言葉はありませんでした。

今夜は兄が病院で寝るというので、私は家に戻りました。残業だったというので家に帰るようにと言ったのですが、夜十二時近くになって病院に来ました。父は兄といっしょにいるのをあまり喜びません。きょうだいの中で一番怒りっぽい人だからです。兄は完璧にやろうとするのです。特に父には。そして自分の思うとおりにいかないと怒り出します。理由は些細なことばかりです。食事がままならず気力のない父はベッドで尿瓶を使えばいいのですが、それが嫌で仕方がありません。どうしても点滴を持って自分でトイレに行くのです。兄が点滴を持ってついて行くのもダメです。トイレの中には絶対入れてくれないのです。トイレから出ると、点滴のチューブに血が逆流しています。点滴を低く持ったからですね。それを見ると兄は怒り出します。なぜついて行ってはダメなんですか、と。兄が怒り出すと、よろよろと歩いていた父は気が散って倒れそうになります。すると、今度は私が怒ります。兄さん、何なの？　大声なんか出して。皆うるさいと言わんばかりに、父はもうぎゅっと目を閉じてしまいます。すると今度は申しわけなくなった兄がまた怒ります。お年寄りがプライドだけ強くて、ああだこうだと……でも彼ほど父にやさしい人はいません。兄は毎朝父に電話をします。私たちきょうだいは実家の話のほとんどを兄から聞きます。父の関節炎や母の十二指腸潰瘍のこと、田植えや稲刈りのことを。父といっしょに牛の世話をしていたナクチョンおじさんが家出をしたという話も、すべて兄から聞きました。父はそんな兄のことをバカ者と言います。よどんだ口調で、バカ者が電話代も考えないで、と。しかし内心は嬉しいのでしょう。バカ者と言いながらも、笑顔なのです。そんな兄の電話はいつ動くか分からない、その石灰質が不安だったからでしょう。それはいつ動き出すのか教えてくれません。そのような不安は外れるほどよいのですが、今回のように当たる時もあるのです。出勤前の兄の電話にだれも出ませんでした。朝食の時だから出ないはずがないのに……おかしいな、と思いながら出社し、また電話をかけてみたらナクチョンおじさんが出て、早朝父が病院に運ばれたと言ったそうです。叔母と叔父が救急車を呼んでいっしょに行ったと。父は村から市へ、そしてこの都市へと移ってきました。七年ぶりの再発です。根本的な原因をなくす治療ではありませんでした。石灰質が浮かんでいるのが脳髄なので、下手にメスを入れることもできません。その間の治療というのは、薬で石灰質が動かないようにすることでした。四年間きちんと薬を飲んでいた父は、二年前から少しずつ薬を減らし、一年前からはほとんど飲まなくなりました。薬を飲まなくなった時の父の嬉しそうな顔を、なんと表現すればいいでしょう。残りの人生を食事のたびに一握りもの薬を飲まなければならないのか、ひどく落胆していましたから。薬をやめて一年、問題などなかったので、父も私たちも石灰質は消えたとばかり思っていました。

ユニ姉さん。

私はどうも生まれて初めて家族の死を受け入れようとしているようです。父が他の病気でしばしば病院を出入りしても、私は父が世を去ることなど一度も考えたことがありませんでした。ただ体調が悪いとばかり思っていました。しばらくしたら退院できると。七年前、その一年間に父は四回も意識を失いました。その時でさえ私は、父が亡くなるなど考えられませんでした。気を失っても三日後、四日後には意識を取り戻しました。一度は半月も意識が戻らず、お医者さんから心の準備をするようにと言われましたけど、まるで冗談のようでした。いつも自ら親不孝だと思っている怒りっぽい兄が、集中治療室の外で涙の夜を明かす日が続いても、私はそれほど心配しませんでした。意識が戻らない日が長びくと、兄はまるで魂が抜けた人のようにつぶやきました。父さん、生きていてください。これからは親孝行します。生きていてください、生きていてください。

そうです、兄はそう言いました。父さん、生きていてください、と。

あの時、私は父のために泣いている大人の男を見ました。亡くなってしまうのではないかと、ぼろぼろ涙を流す図体の大きい男を。世の男の中であの人が私の兄であるのが頼もしく思えました。涙を流している頼りない姿ではありましたが、彼のことを理解しようと努めるようになったのは、あの時からかもしれません。兄は活発な子でした。村の女の子たちがゴム飛びをすると、カミソリでゴムひもを切って逃げたし、夜は村の男の子たちと鬼ごっこをして、麦畑の大きくなった麦を倒したりしました。それだけではありません。夏の夜、村の女たちが小川で水浴びをする時、男の子たちと川沿いの榎の古木に登っていたこともあります。女の裸を覗き見しようとしたのですね。夏の夜、村の男たちはその周辺を通らないことが決まりでしたが、兄が中心になってそれを破ったのです。その日は私も母と川でばちゃばちゃと水浴びをしていたのですが、木の上でクックッと笑い声がしました。最初は夜風に榎の葉が揺れているのだと思いました。息を殺していた男の子たちは笑いまではかみ殺せなかったようです。結局はプハハと吹き出してしまい、笑いこけてバランスを崩した兄はどぶんと川に落ちてしまいました。あの時くじいた腕は今も少しねじれています。そんな少年が大柄な大人になって、父が亡くなるのではないかとぼろぼろ泣いています。父に鞭《むち》でふくらはぎを打たれても痛いとは一言も言わなかった人が。

それは、兄が高校受験に失敗した時のことです。兄は成績優秀でした。ところが道庁所在地にある高校の受験に失敗してしまったのです。兄が受験に失敗するなど、だれも思っていませんでした。中学校ではいつも全校一位でしたので。兄より成績の悪かった子も合格したのに、一番が落ちるなんて。学生会長だった兄は卒業の際に[*3]学生に返す貯金を持って家出をして、二ケ月も家に帰りませんでした。父はまっ青になって兄を捜し回りました。茂朱《ムジュ》で見かけたと言う人がいれば茂朱へ、南原《ナムオン》で見たと言う人がいれば南原へ行きました。後期募集の高校に入学願書を出し、群山《クンサン》へ金堤《キムジェ》へと捜し回っては、一人で肩を落として帰ってきました。真冬、家に帰った父の体は凍えていました。兄は後期試験の二日前の夜、四日も降り続いた雪の中を一人で帰ってきました。降りしきる雪に兄は雪だるまのようになっていました。母は泣きながら兄の頭に、体に積もった雪をはたいてやりました。雪がなくなると、兄はまるで浮浪者のような格好をしていました。髪はもじゃもじゃと伸びていて、落ちくぼんだ目は精気がなく、服は悪臭がし、足の指は凍傷になっていました。父は兄が涙を飲みながらご飯を飲み込んでいる間、竹で一束の鞭を作っていました。ご飯を食べ終えた兄を連れて村の端にある空き家に行きながら、父は母に絶対ついてこないよう念を押しました。不安になった母は父の言葉を無視して後をついて行きました。あれほど憤《いきどお》った父を見たことのない母はじっとしていられなかったのです。幼い私も母のスカートにしがみついて行きました。家に戻るよう言われればスカートを放して、少ししたらまた母を追いかけスカートを握ってついて行きました。面倒がる主人を追いかける犬といった感じでしょうか。依然として雪が降っていました。雪のため村の道はどこも明るかったです。村を囲んでいる山と田んぼと畑と新道にも白い雪がこんもりと積もっていました。父は空き家の部屋の扉を開けて先に兄を入らせると、ゆっくりと靴を脱ぎました。母と私は表門のところに立ち、靴を脱ぐ父を見守るだけです。空き家の土間や板の間にも雪が積もっていたので、庭は言うまでもありません。明かりのない部屋は暗かったです。それでも障子には父が兄のふくらはぎに鞭を打つ影が映りました。言葉はありませんでした。父は打ち下ろし、兄は打たれるままです。時おり鞭が折れる音が聞こえました。雪が降りしきる庭で、母は鞭の音がするたびに身震いをしました。まるでその鞭が母のふくらはぎを打つかのように。

私は母も父も兄も、皆怖くなりました。みすぼらしい格好で帰ってきた息子に鞭を打つ父も、それを何も言わずに受け止める兄も、止めもしないで見ているだけの母も、ただただ怖かったです。父が持っていった鞭の半分ぐらいが兄のふくらはぎで折れた時、庭の母と私の黒い頭の上にも雪がこんもり積もっていました。うわあっと泣き出したのは私です。空き家の庭の雪にぺったり座り込んで、足を投げ出して火が付いたように泣きました。泣きわめく途中で気絶してしまいました。気づいたら、私を負ぶって家へ走る父の背中でした。

七年前、兄は今の私と同じ歳です。

あの時、兄も今の私のように初めて家族の死を受け入れようとして、あんなに泣いたのでしょうか。人生で私たちが拒むことのできない絶対的な喪失があるというのを、彼もあの時初めて気づいたのでしょうか。父の姿に思わず心の中に涙が溜まる理由も、そのためでしょうか。あの時、集中治療室の中の父と、あれほど厳しく自分のふくらはぎに鞭を打った昔の父の、その丈夫な腕を思い出したのではないでしょうか。考えてみれば、父とはずっといっしょに暮らしたわけではありません。十数年前に村を離れてから、父は田舎に、私たちはこの都市にいます。しかし父は何かの象徴のように、いつもそこにいる人であって、この世に存在しない人ではありませんでした。

私は自分に悪いことが起きると、心の中から背を向けた人々のことを考えてしまいます。これといった非もない人たちに私が背を向けたので、このような試練に立たされるのだと考えます。どうしても納得いかない出来事の前では特に。あの時、あの人に背を向けたのでこんな罰を受けているんだと考えれば、納得いかないことをどうにか受け入れられるようになります。卑怯な和解の方法です。しかし私が生きていることの証人たちをもう、あちらの世に送らなければならないのは、私が背いた人たちを考えることだけでは足りないのか、とても和解できません。それででしょう。私がこうやってお姉さんに手紙を書いているのは、三十四歳でご主人をあちらに送らなければならなかったお姉さんだからでしょう。地に倒れた者はその地に手をついて起き上がらなければならないそうですが、お姉さんはその絶対的な喪失から何を支えに起き上がったのでしょう。

今日は思いがけない人と再会しました。

朝寝坊をしているところに、遠い昔に別れたユスニから電話がかかってきました。七歳の時以来なので、二十数年ぶりです。電話の向こうの彼女のことを、私はすぐに思い出すことができませんでした。昔、子どものころに、クムチョンおばさんの家で子守りをしてた子、思い出せない？　と言われ、ああ、ユスニね、とようやく幼いころの思い出の片隅にあるユスニのことを思い出しました。学校にも行かず、いつも赤ちゃんを負ぶっていた女の子。色黒で痩せた顔。黒いコムシン。渋柿の染みがついたシャツ。クムチョンおばさんが赤ちゃんにお乳を飲ませる時は、隣で日差しを浴びてこくりこくりと居眠りをしていた子、あの子守りをしていた少女、ユスニ。受話器の向こうの少しかすれた声がユスニだと分かった時、ふと玄関ドアに貼ってあるゴッホの「ジャガイモを食べる人たち」のコピーに視線が向きました。いつか光化門《クァンファムン》にあるアートパネル店の前を通りかかった時に目にとまったものです。そこに描かれた人たちが、なぜか私を引き寄せました。シンプルな絵です。薄明かりの下、みすぼらしい身なりの人々は古いテーブルを囲んでジャガイモを食べています。帽子をかぶった男がいて、袖を少したくし上げた女がいます。人々は荒く太い線で描かれています。古びた服やごつごつとした顔は暗いけど、善良に見えました。ジャガイモに伸ばした手は労働で痩せています。私はそのコピーを買い、家の玄関ドアに貼りました。玄関を開け閉めするたびに、絵を見つめて考えます。あの絵の何が私の足を引き止めたのだろう、と。彼らは仕事から帰ってきたばかりのようです。明かりをともしているので夜なのでしょう。明かりに古いテーブルがあたたかく照らされています。一日の労働を終え夕食をとっているのでしょうか。夕食があのジャガイモだけ？　それでも彼らの表情はとても豊かです。太陽の下のジャガイモ畑が彼らの顔の上に広がっているようです。厳しい暮らしに押しつぶされそうでもありますが、その表情には人間に対する深い共感が漂っています。眼差しと仕草と古い服をもって。私は彼らが食べているのがジャガイモであるのに惹かれたのかもしれません。油で揚げたチップでも、すり下ろして焼いたチヂミでも、マヨネーズであえたサラダでもないということに。労働によって節くれ立った手でつかんで食べているのが、ゆでただけのジャガイモだということに。ユスニが私に会いたいと言ってくるまで、私は玄関ドアに貼ってあるその絵を見つめていました。何気なく夜空を見あげ、彼方から私に向かって輝いている星の光を見つめるように。

ユスニの電話は嬉しかったのですが、すぐに会うことまでは考えていませんでした。夕方には父の病院に行かなければならず、正直、時おり、わたしよ、と久々にかかってくる電話に私も、ああ、お久しぶり、としばらく懐かしく互いの安否を尋ね、そして今度会おうね、と約束とも言えない言葉で電話を切りますが、すぐに会うことは珍しいでしょう。そんなに懐かしくすぐに会う人なら、それまで便りもなく過ごすこともないでしょう。ところがユスニは今会いに行くと言うのです。二年前からずっと私を探していたとも言いました。そして食堂につけてあるラジオ番組で私の「秋の雨」という歌を聴いたと。ラジオはいつもつけてあるだけで耳を傾けることはあまりないが、それは不思議にも馴染みのある歌声だったと。曲の後に紹介された歌手の名前が私と同じだったので、もしやと思い、近くのレコード店に行き、アルバムの写真で私であることを確認したそうです。放送局とレコード会社に五、六回も電話をかけ、何とか私の電話番号を教えてもらったとか。ユスニは言いました。歌手になっているなど想像もつかなかったので、本当にあなたかなと思ったのよ。私がたまにでも歌を聴く人だったら、もっと早く捜し出しただろうけど、と。あんなに私を捜していたというユスニに会わないことはできません。安養《アニャン》で小さな食堂を営んでいるという彼女の方が時間を作りにくそうでしたが、ユスニは大丈夫だと言いました。

私たちは田舎で幼年期を送った人らしく徳寿宮《トクスグン》*4の正門前で会うことにしました。ぎこちなく立っている私をユスニは一目で気づいてくれました。秋の日の徳寿宮には色あせた気配が漂っていました。芝は黄色くなり、ハツカネズミが石塀の隙間からまっ黒な瞳を不安そうに動かしながら、木々の間を飛び回る鳥を警戒していました。その色あせた光の中でユスニだけが生き生きとしていました。赤紫色のスーツにクリーム色のブラウスを着たユスニは、晴れ晴れとしているように見えました。痩せた上半身に比べ、スカートの下のふくらはぎはとても頑丈そうでした。立ちっぱなしで働く人だけが持つ丈夫なふくらはぎです。自分の白く柔らかいふくらはぎが急に恥ずかしく思えるほど、ユスニのふくらはぎは力がみなぎっていました。世の中の厳しさを精一杯かき分けて歩んできた力が感じられました。そしてこれからも、どんなところであれしっかりと歩んでいける力が溢れていました。私たちはぐるっと徳寿宮を一周して、大きな銀杏の下のベンチに座りました。ふとユスニが静かになります。顔を見ると泣いているのです。これって夢じゃないよね、と言いながら。ずっと幼かったころ、少しばかりともに過ごした間柄、という思いから進むことができずにいた私は、彼女の突然の涙の前でさらに戸惑ってしまいました。どうしよう、とおろおろしていたら、ユスニが言います。今まで私のことを一度も忘れたことがないと。

ユスニの記憶の中の私は、五歳のユスニにゆでたジャガイモをあげ、屋根裏部屋で寝かしてやり、乞食だとからかう村の子どもたちの中で唯一自分の味方になってくれた子でした。私の記憶にはない私です。覚えてない？　梨の木があった家のイモギが私に、飯炊き、おまえ、飯炊きだろう？　とからかうと、あなたはイモギを追い払いながら、やめて、そんなこと言わないの、と言ったのよ。それでもやめないので石ころを投げて、イモギの頭にこぶを作って、彼女のお母さんに怒られたんだけど、覚えてない？　覚えていません。私が覚えているのは、いつもクムチョンおばさんの年子の赤ちゃんを負ぶっていたユスニの姿だけです。ずっと赤ちゃんを負ぶっていて、背中が赤くなっていたユスニのことしか思い出せませんでした。そしてふと、クムチョンおばさんがとても冷たい人だったことを思い出します。クムチョンおばさんの家の門は小川に面していて、通りがかりの人にも庭の中がよく見えました。おばさんはよくユスニの頭を小突きました。小さなことで夕食を与えず、夜でも部屋から追い出したりしました。赤紫色のスーツに柔らかな秋の日差しを受けているユスニの姿に、私は意地悪くもイモギではない、ユスニの頭にいっぱいだったアタマジラミを思い出していました。ふと泣いているユスニの頭に目が移りました。青いバレッタで端正にとめてある量の多い黒髪の上に、色あせた銀杏の葉がそっと落ちてきました。涙をふいたユスニは自分にセットンコムシンをくれたことも思い出せないのかと聞きます。セットンコムシン？　そうね……。ユスニの話によると、村では私ひとりがセットンコムシンをはいていたそうです。はいていたというよりほぼ持ち歩いたんだと。はくのがもったいないからですね。クムチョンおばさんの弟さんがソウルで食堂をやっていて、ユスニはそこで手伝いをすることになりました。上京することになった日の夕方、小川でユスニの穴が空いた黒いコムシンを見た私が、自分のセットンコムシンを脱いでユスニにあげたそうです。これをはいてソウルに行って、と。あなたはどうするの？　と聞いたら、川で流されたと言えばまた買ってもらえると言って。

ユスニは村の子ではありませんでした。群山から来たという塩辛の行商人がクムチョンおばさんの家で一晩泊まったのですが、その時置き去りにされたのが五歳のユスニです。二年が経っても行商人は現れませんでした。クムチョンおばさんの弟さんは食堂の手伝いをするユスニを学校に行かせてくれたそうです。中学校まで。夜間高校を卒業して、やはり食堂で働いていた夫と結婚し、今は生活にも余裕ができたとか。麦飯専門店で、従業員も二人いるそうです。場所がいいのでお客さんが多く、食堂の三階に住居があるとのこと。ある夜、喉が渇いて目を覚ましたユスニは、水を飲んでからもなかなか眠ることができなかったそうです。窓際に立ってシャッターを下ろした商店街をしばらく眺めていて、街路樹の乾いた葉が歩道に黒い影を落とし風に吹かれているのを見ているうちに、急に私の顔が浮かんできたそうです。あまりにも鮮明に。その日からぜひ私に会いたいと思うようになったと言いました。会いたくて会いたくて仕方がなかったと。会いたい気持ちのために夜中に目を覚ましたのが一度や二度ではないと。あの村に行ってみる気にもなったが、それがどこにある何という村なのか覚えてなかったと。そして、村の名前と場所を私に聞きました。私は村について詳しく話してあげました。ユスニは私に会えて幸せだと言いました。私はユスニの言葉にくらっとしました。あんなにはっきりと幸せだと言う人に会うのはとても久しぶりです。私たちはこれまでのことを話しながら二時間ほど徳寿宮にいました。徳寿宮のベンチを転々として、ポップコーンを食べ、何でもない話にきゃっきゃっと笑って。不思議なことです。ユスニといっしょにいる間、私は何かの謎解きをしているようで楽しかったです。父が倒れて以来、初めて味わう安らかで穏やかな時間でした。私はユスニと古宮のベンチで靴をぬいで踊ることもできそうでした。ブルースやタップダンスのようなものも。ユスニのリクエストで、まったく注目されなかった私の「秋の雨」を歌いました。ユスニはマリア・カラスの歌でも聴くかのように耳を傾けてくれました。ユスニはこの暮れゆく秋の日のわびしさの中にも、すっと香りを放つものがあるということを伝えるために現れた人のようでした。ユスニがつい病院に行く時間だと言わなかったら、私は今でもそんな気持ちに包まれていることでしょう。病院？　驚いた私が尋ねると、ユスニは慌てました。病院って、何のこと？　その話をユスニは私にしないつもりでいたようです。実は……ユスニが実は、と話した時、私は古宮の石垣に視線をそらしてしまいました。子どもが入院中だそうです。まだ二歳にもならないのに小児糖尿病だと。すでに一年以上も入退院をくり返しているると。子どもの血管が見つかりにくくて額に注射針を刺す時は、いつもやりきれない思いだと。まだ二歳の子に何が分かる、ユスニは自分も知らない内に犯した罪のため子どもが苦しんでいるようだと言いました。私はかける言葉がありませんでした。小児糖尿病がどれほど恐ろしいものなのか少しは知っていたので。何年か前に甥が小児科に入院したことがありますが、隣のベッドの子が小児糖尿病でした。ある日甥の見舞いに行ったら、義姉がいてもたってもいられないでいました。前日まで隣のベッドにいた子が亡くなっていました。別れ際に、ユスニはバッグから取り出した一枚の封筒を遠慮がちに差し出しました。受け取ろうとしない私にユスニはどうしても渡したいと言います。後で開けてみてと言いながら顔を赤らめるので受け取らずにはいられませんでした。地下鉄に乗るというので、改札まで送ろうとしました。するとユスニが言います。ううん、それはあまりにも悲しいことだから。ようやく気がつきました。私が生まれ故郷を離れる時、だれかに話した言葉。私の口から出たその言葉がなぜかこだまのようで、自分が発したものではないように思われた言葉、それはユスニの言葉だったのです。すっかり忘れていた記憶がよみがえりました。セットンコムシンを握って村を離れる女の子に、素足の私が言います。駅まで見送ろうか？　女の子が頭をふります。ううん、それはあまりにも悲しいことだから。そうですね、見送ったり離れたりすることはあまりにも悲しいことです。そうするしかないけれど。ユスニは逃げるように地下鉄駅の構内に消えていきました。連絡先が分かったから時々電話すると言いました。しかし、私たちはまた会うでしょうか。帰りのタクシーの中で封筒を開けると、靴のギフトカードが入っていました。銀箔で「金剛《クムガン》」とプリントされたギフトカードには十二万ウォンと書いてありました。

夕方にお医者さんが病室に来て一時間ほど父の検査をしました。検査にはいろんなテストがあります。さあ、百から七を引くといくつになりますか？　九十三。九十三から七を引くと？八十六。八十六からまた七を引くと？　七十九……数字が六十くらいになってくると、父は適当に答えるようになりました。六十から七を引くと？　八十。いいえ、六十から七です。二十。いいえ、六十から七を引きます……九十……そのうち、父は怒ったように返事もしなくなりました。お医者さんは辛抱強く続けました。さあ、これから私が話すことをよく覚えてくださいね。飛行機、汽車、鉛筆。五分したら今話したことを聞きますので、覚えているのをおっしゃってください。五分後、お医者さんが父に聞きます。さっき私が言ったのは何ですか？　父の返事がありません。何を言いましたっけ？　ひ……こう……き。それから？　ひ……こうき。他に覚えてませんか、よく思い出してください。父はもう飛行機も忘れたのか、固く口を閉ざしてしまいました。お宅はどちらですか？　父は目をぱちくりしてから、駅村洞《ヨクチョンドン》と言います。お医者さんが私に尋ねます。そうですか？　私は首を横にふります。駅村洞、それは兄がこの都市で初めて家を買った町です。そこから引っ越してもう七年です。

お医者さんが診察ノートの新しいページを開き、ボールペンで蝶々の絵を描きました。父に同じく描くようボールペンを握らせました。父は蝶々の羽を描いてはやめ、描いてはやめるのをくり返しました。ここがどこか分かりますか？　病……院。この病院の名前を書いてみてくださいね。父は発音通りにヘソンウロウォン、と書きました。それからちらりと私の顔を見ます。父の曇った視線の上に重なる不安。もう一度書いてみてください。私は小さな声でお医者さんに言います。父は自分が発音する通りに字を書きます、父の発音だと合っています。お医者さんが、あ、はい……と父に向かってにっこりと笑ってみせますが、父はもう窓の外へ視線をそらしていました。この都市へ出てきたばかりのころは、まだ自分の電話を持っていない人が少なくありませんでした。父は電話をするために村の郵便局まで出かけ、私は電話に出るため大家さんの部屋に上がらなければなりませんでした。そのため時おり父からの手紙を受け取りました。元気にしてるかい。こっちは皆無事にしとる。ちゃんと体には気をつけて、きょうだい仲よく過ごすんだよ。米八十キロを貨物便で送る。受け取って食べるように……一九七八年四月十七日、父書く。あのころ、私は時おり、父書く、という字をしばらく見つめていました。父書く、という字がなぜか私の胸の中にさざ波となって広がり、何度も手紙を開いてみました。

ユニ姉さん。

私はなぜお姉さんがそんなにひっそりと涙を流しているのか、最初は知りませんでした。お姉さんが三十四歳の時に、三十六歳のご主人と死別されたことを知ったのは、だいぶ後になってからのことです。雨の日だったでしょうか。いっしょにお昼を食べに行く道でお姉さんが、思いがけずグルックのオペラ『オルフェオとエウリディーチェ』のあの有名なアリア「エウリディーチェを失って」を歌いました。絶望と悲痛のオルフェオの歌を歌っていたお姉さんが言いました。私、声楽科出身だって知らなかったでしょ？　驚いた私が、私もですよ、と言ったらお姉さんは目を丸くしました。えっ、なのになぜ歌謡曲を？　歌が好きでなんとか声楽科に入ったものの、大学の四年間は自分の才能のなさに気づかされる時間でした。いろんなことをあきらめて、卒業するころには、どんな歌でも歌うことさえできればいいとまで思うようになりました。なのに今の私は、思うように歌うことさえできずにいます。バカな質問ね、お姉さんはぷっと笑って自分の話を始めました。一時は、雨がたくさん降った明け方に北漢山《プッカンサン》に登ったわ。北漢山って、岩山でしょ？　雨が降ればすぐに渓谷の水がどくどくと勢いよく流れるの。その渓谷のどこかで発声の練習をした。家ではあまり大きな声で歌えないので、渓谷の水の音の前で歌った時があるの。溢れる水の音にだれにも気を遣わなくてよかったのよ。一時間ほど歌ってから山を下りてきた。初めて聞くお姉さんの話に、私は冗談を言いました。いい声楽家になるためには体が大きく胸も豊満で呼吸もしっかりしてなければならないのに、お姉さんは体も胸も小さいので声楽家になれなかったかも、と。お姉さんは足音もそっと静かな人だったから。

あの日、お姉さんはご主人の話をしてくれました。それまではご主人がこの世にいらっしゃらないことも知らずにいました。ご主人は同じ大学の作曲科の先輩だったのですね。早くに頭角を現して音大の教授にもなったの。知り合ってから長い時間を経て、二十八歳にもなって結婚したのは、お義母さんに気に入ってもらえなかったから。私って、そんなに背が低い？　お姉さんは他人事のようにフフフと笑いました。世の夫婦のように暮らしたのはたったの六ケ月だった。ムニを身ごもったころ、夫が運動もダイエットもしていないのに一ケ月で四キロも体重が減って病院で検査を受けたの。胃がんだった。お姉さんの前に座っている私の目の前を、また列車が矢のように走り去りました。ガタンゴトンという車輪の音を響かせて。ムニが生まれる前に夫は手術をして、さいわい経過がよく、学校にも出られるまで回復してたのに、再発してしまった。それからの五年を病床の夫といっしょに暮らしたわ。周囲の人は、のちにはお義母さんさえ、残っている人のため静かに目を閉じてくれることを思うほど大変な状態だった。入退院をくり返す日々だった。それなのに不思議にも私は涙が出なかったの。長い間の点滴で注射針の跡だらけの痩せた手だったけど、出勤する時はその手で私の手を握ってくれた。その手で握られると、一日分のエネルギーを供給されたようで、その日を持ちこたえることができたわ。夫が苦しんだ時も私は涙が出なかった。むしろ普段より冷静になっていたね。世の人々が、お義母さんさえ息子の回復を信じられなくなった時、夫が言ったの。僕をあきらめないでくれ。君まで僕をあきらめたら、本当に死んでしまいそうなんだ、って。私は一度も夫をあきらめたことがない。三十四歳、結婚して六年、世の夫婦のように暮らしたのはたったの六ケ月しかなかったけれど、夫を亡くすことなど受け入れられなかったの。音楽の道をあきらめて、あの人と愛し合った時の私の夢って何だったと思う？　微笑んで私を見つめるお姉さんの顔には曇りなどありませんでした。苦痛も懐かしさも消えた顔でした。ずっとずっと後、彼の胸の中で私が先に死ぬことだった。

ご主人の臨終を見守ることはできなかったと言いました。家を出る時は前日と変わらなかったのに、放送局に着いたら危篤だという電話がかかってきました。車を走らせ同じ道を戻りながら、初めてご主人との別れを予感します。私は今、夫と別れるために向かっているんだ、と。急いで家に戻る途中、ある踏切の前でお姉さんはご主人に会いました。信号が青に変わっていないのに、人々が待っている踏切からご主人が明るく手をふりながらお姉さんの車に向かって軽やかに走ってきました。病床での姿ではなく、結婚して世の夫婦のように暮らしていた、あの六ケ月の中のある日、二人で川辺のピクニックに出かけた時の姿でした。車に向かって軽やかに走ってくるご主人の姿に驚いてブレーキを踏む瞬間、お姉さんはその声を聞きます。別れを言いに来たんだ。ユニ、ごめんな。本当にごめん。あの瞬間がご主人の臨終でした。お姉さんは言いました。夫が亡くなってから、出勤するたびにふと彼のベッドのところに手を差しのべては、空しくもその手を戻すの。仕事から帰ってドアを開けると、いつものように夫が横たわっていた部屋に向かって、ただいま！　を言う。ただいま帰ってきましたよ、と。聞こえない返事。彼がこの世の人ではないのをうっかり忘れて、寝ているのかしら、と静かにドアを開けてみるの。しかし空っぽのベッド。私が泣き始めたのはあのころからね。薬を飲ませるために体を起こし、トイレに行かせるため体を支えていたこと……それが、いつか私の人生そのものとして体に染みていたのね。

あの日、お姉さんは初めて涙のたまった目を隠しませんでした。それまでは視線をそらしたり遠い方を見つめたりしてたのに。ご主人が亡くなった後、お姉さんは自分がご主人を守っていたのではなく、ご主人がお姉さんを守っていたことに気づいたと言いました。病床の姿でも生きてさえいてくれれば、と話していました。

真夜中にだれか私の名前を呼んでいるようで目が覚めました。窓から月明かりが流れ込み、ベッドにぼんやりと座っている父が見えました。カーテンを閉めるのを忘れていました。体を起こそうとした私は、思わず動きをとめました。父が子どものようにすすり泣いていたのです。私を起こしたのは、私を呼ぶ声ではなく、すすり泣く音だったようです。父が気まずくなるのではと、私は目が覚めたのに気づかれないようじっとしていました。すすり泣くたびに父の老いた肩が震えていました。

なあ、寝てるのかい？

確かに私にかける言葉ですが、起きてます、と答えることができません。なぜかそうでした。私が横になっているのは簡易ベッドなので、父のベッドよりずっと低いです。私は暗闇の中で目を開け、寝ているのかと尋ねる父を見あげるだけです。

わしは、なぜ自分が病気になったのか知っとる。わしがなんで言葉がつかえるのかも知っとるよ。

それでも私はじっとしていました。私が起きているのに気づいたら、父が口を閉じてしまうと思ったのです。

この世に……親父とお袋を二日間で亡くしてみると、自然と口が閉ざされてしまった。親父とお袋を墓に入れてから、わしも死んでしまおうと思った。たったの一日も生きていく自信がなかったよ。目を開けている時は怖いことばかり考えて、庭を眺めると、いまにも門を開けて親父とお袋が入ってきそうで……世の人みんなが怖くて怖くて、わしも死んでしまおうと線路に出かけていったんだ。だけど、死に切れなかった。列車が来れば飛び込むつもりだったが、遠くから列車の音が聞こえると、心と違って土手の裏に体を隠したんだ。線路の遠い向こうから先祖のお墓が見えたんよ。終日その場に座り込んで泣いた。そのどこかに親父とお袋がいるだろうと、そこを見つめながら泣いていたら、喉がはれて一言もしゃべれなくなった。……その日から考えたんだ。列車があんなに怖くては死ぬこともできない、だったら何とか生きていくしかないけど、どうやって生きていけばいいんだろう……どうやって生きていけばいいんだろう……あんなに早く亡くなるんだったら、学校にでも行かせてくれりゃ……お前のお祖父さんを恨んでもやった。生きてたらお前の伯父になる人が三人もおったよ。だけど伝染病で三人を亡くしてしまったお祖父さんが、わしを人が多いところには行かせてくれなかったんだ。学校にも行ってなくて、持っているものもない、両親まで亡くして一人になると、ぴったりと口が閉まっちまったんだ。死んでしまおうと一日中泣いてばかりいて、喉も顔もぱんぱんにはれて線路沿いに倒れていたら、わしを探し回っていたお前の伯母が見つけて言ったんだ。どんなやつでもおまえを親のない子だとからかったら、わたしが殴って、噛みついて、裂いてやるから心配するなと。だけどわしは、伯母さんとは逆だった。わしはもう自分の方から話しかけることはないと。学校にも行ってなく両親もいないんだ、もう口を開けることはない。黙って生きていこうと。こっちから何も言わなきゃ、けんかになることはないだろうよ。その日からわしは何も言わなかった。

……

お前たちが生まれてからは、世の中がそこまでは怖くなくて、少しはやっていけそうだった。わしは口を閉ざして、お前たちを学校に行かせるために生きてきた。だれかけんかを吹っかけてきても、心の中で言ってやったよ。わしの子どもはみんな学校に行っとる、あんたらがそんなこと言ってもどうにもならん、と。一時は家を捨て、違う人生を考えたこともあるよ。だけど両親を亡くしてあんなに怖がっていた気持ちがわしを止めた。わしの違う人生のため、お前たちに怖い思いをさせることはできなかった。わしは何も持ってないけれど、どうにか学校にやって、きちんと自分の足で歩ませなくては……そんな思いが心を閉ざしてしまったんだ。口を閉ざして……心まで閉ざしてしまったのが、わしの病気なんだ。それがわしの頭の中に居座っとるんだ。お前の母さんさえ、なんでそんなに無口なのか、じれったくてたまらんと言うが、わしには口を閉ざすことが世の中を生きていくすべだったんだ。言葉が怖かったよ。親もない人の言葉など、だれが聞いてくれるんだと思った。だけどそれが病気になって戻ってきたみたいだ……そうでなきゃ、どうしてわしはこうしているんだ。

初めて聞く父の独白でした。祖父は漢方医だったそうです。戦争で国中が焼け跡になるもっと前、村に伝染病が広まりました。本家のお兄さんが伝染病にかかると、祖父はじっとしてはいられないと、皆が引き止めたにもかかわらず薬をもって兄を訪ねました。病気が移った祖父の看病をしていた祖母まで、二日間で二人が亡くなったことは私も聞いています。祖父は亡くなる前に庭に出てきて家じゅうを見回り、緩くなった井戸のつるべをしっかりと縛り直し、斜めになった鶏小屋の板を正し、部屋に戻って亡くなったとか。幼い息子が自分に近づかないように厳しく伝えてからです。あのころの幼い父の胸の内を聞いたのは初めてです。

父の世代は皆厳しい時代を生きてきました。植民地支配と戦争……あの時代の話を聞いていると、両親を亡くしたことは何ともないことのように思っていたみたいです。かわいそうなお父さん……思わず涙が頬をつたってきましたが、それでもじっとしていました。私が動いたら、父は口を閉ざしてしまうかもしれません。父はベッドに座って泣き続けました。父はどうやらあのころに、両親を失って、ただただ世の中が怖かったあのころに戻っているようです。その後の歳月、親もなしに戦争を生き抜いた時間も、口を閉じて生き延びてきたあの辛い時間も忘れて、両親を失ったあの時間に戻っているようでした。

そうだったんですね。それで父は私たちを文字の世界へ送り出すことに必死だったんですね。父は私たちがこの都市で大学を卒業すると、学士帽をかぶった卒業写真を大きく拡大して送るようにと言いました。学士帽をかぶった私たちの写真を家族写真の下に順番にかけて眺める胸の内には、祖父への恨みもあったことでしょう。そんなに早く亡くなるのなら学校にでも行かせてくれれば……しばらくして父はゆっくりベッドに横たわりました。私もそのまま目を閉じました。私はしばらくして眠りにつきましたが、睡眠障害のある父の脳はその夜もずっと起きていたことでしょう。

病室の中は静まり返っています。

横たわって見あげる窓には丸い月がぽっかりと出ていました。月を見ると思い出す顔があります。名前も知りませんが、泣いている顔です。この前の一月だったでしょうか。家の近くにあるホテルのスカイラウンジで月を見あげ、ああ、お月さまが出てたんだ、と言ったことがあります。何かの用事で帰りが遅かった日です。家の前でタクシーを降りたら、知り合いの音楽プロデューサーとばったり会いました。すでに酔っていた何人かがいっしょに一杯だけ、と私の帰りを止めました。深夜十二時近くだったので、入れる店はもうありません。しばらくの間行く行かないともめたすえ、近くのホテルのスカイラウンジへ行くことになりました。深夜二時まで営業しているところです。窓辺に座ってから、初めて見る中年男性がいることに気づきました。男はだいぶ酔っていて、椅子に座るとすぐにテーブルに顔をうずめてしまいました。酔っている人々の間に一人素面《しらふ》だった私は何げなく窓の外の夜空を見あげました。まん丸い月が浮かんでいました。私は思わず、お月さまが出てたんだ、とつぶやきました。声が大きかったわけでもなく、音楽やおしゃべりの音に埋もれて聞きとりづらかったはずです。ところがテーブルに顔をうずめていたその男が、だれかに呼ばれたかのようにすっと顔を上げました。とても疲れた顔でぼんやりと夜空の月をしばらく見つめました。そして突然泣き出してしまいました。私に向かって、あなたに月の何が分かる、と言いながら、わあわあと。突然のことに皆は驚き、彼が落ち着くのを待っていました。泣いている彼は私に声を上げます。あなたに月の何が分かってて、月が出てたんだのなんだのと言うのかと。慌てた音楽プロデューサーが男をなだめましたが、男はやめませんでした。あなたに何が分かる、あなたに何が分かるんだ、と。だから兄貴、なんでそんな名前をつけて。月は川に落ちることになっているのに……。

わけの分からない言葉で彼を慰めているので、男が私にそんなことを言う理由を知っているのは、そのプロデューサーだけのようでした。しばらく静かになっていた男が、泣きながらまたも私に言います。あなたの歌を聴いてみたんだが、愛についてよく知ってるみたいじゃないか、あなたに分かる？　愛が何か、分かるか？

愛はな、そんなに多くをしゃべるもんじゃないんだよ。やってあげられなかったことばかり思い出すのが愛なんだよ。あなたにそれが分かるか？

男はまた、わあわあと泣きました。

なのに……それなのに、もう顔も思い出せない、顔が思い出せないんだよ。

私はお月さまが出てたんだ、と言ったがためにしばらく男に苦しめられました。それなのに男はとんでもない非難を浴びせた私の横に来て、私の肩に顔をうずめて寝てしまいました。泣いた男の顔はお月さまのように大きくむくんでいました。

後で知人のプロデューサーから男の話を聞きました。男は洪川江《ホンチヨンガン》近くに広い庭つきの家を建てたそうです。子どもが二人いて、娘はタルニム《お月さま》、息子はヘッニム《お日さま》と名付けました。女の子と男の子が通う学校は川の向こう岸にありました。学校に行くにはぐるっと川沿いを回らなければならないのですが、子どもたちは臨時にかけてある木橋を渡って行くのが好きでした。近所の人も少なく、きょうだいで友人でもあったヘッニムとタルニムの遊び場の半分はその木橋でした。橋が見えてくると、二人は自分の方が先に橋を渡ると走り出します。楽しかったでしょう。人生の怖さを知らない子どもたちは、やらないでと言ったこと、行かないでと言った道、会わないでと言った人、大人たちが禁じるものを背景に遊ぶのが好きなのです。ましてや橋と川です。木橋の下、手が届きそうなところでゆうゆうと流れる川は、子どもたちのこの上ない遊び場だったでしょう。上体をかがめて川に手を浸し、餌をつけた竹竿で釣りをしました。ギシギシと危険な音を鳴らして揺れれば揺れるほど、子どもたちは橋を渡るのが楽しかったのです。タルニムが七歳になった夏です。豪雨で川の水が増えていました。強い風まで吹きつけていて、川の水は大きくうねっています。学校には川沿いを回って行くように、絶対に木橋を渡らないように、二人にあれほど念を押しましたが、子どもたちは学校の帰りに木橋を選びます。手をつないだ二人が橋を半分ほど渡った時です。強風にあおられた波が二人をくるくると巻き込んで川の中へとさらっていきました。水嵩が増した川はあっという間に二人を飲み込んでしまいます。さいわいに男の子は助かりましたが、急流に流された女の子は見つかりませんでした。洪川江から北漢江《ブッカンガン》まで、何日にもわたる捜索がされました。川に流されなかったら、タルニムは今年で十五歳になります。タルニムのお母さんは今でもお月さまが出ると、家じゅうの明かりを消して月の光が家の中に入り込むようにするのだそうです。うちのタルニムが来たんだね、と言って。

やってあげられなかったことばかり思い出すのが愛だとすれば、私は今までまともな愛を知らないでいたようです。

今日は地下鉄を降りてからタクシーには乗らず、病院まで歩いて来ました。頭上から降り注ぐ秋の日差しはまだ暖かいのに、道路の両脇に咲いていたコスモスは姿を消しつつあります。細い腰を曲げて道路の両脇に倒れていました。病院が郊外にあるので、家を出るたびにとても遠くに行く気分になります。家から駅までタクシーに乗り、地下鉄で四、五十分ほど、そこからまたタクシーに乗り換えます。病院の中に足を踏み入れると、それほど遠くないところにある高層ビルや道路いっぱいに走る車などが信じられない気分になります。新聞社や印刷所、中央郵便局と大型レコード店や片側四車線の道路と市役所があるというのが、博物館とスタジオと広場と古宮があるのが。そこでだれかは忙しくファックスを送り、記事を書き、アルバムのライナーノーツを印刷し、夜の舞台で歌う人がいるということが、まるで夢のようです。地下鉄駅の前は病院に向かうタクシーが長い列を作って待っています。今日、そのタクシーの列を通り過ぎ私を歩かせたのは、傾いていくあの秋の日差しだったのでしょう。

私のふるさと、刈り入れが終わった野原もがらんとしていることでしょう。夜はその空っぽの野原を、刈り取った稲の切り株に足首をくじきながら野鼠が餌を探し回っていることでしょう。もう空気がひんやりしてきた真昼の森の中にあるくぼみには、リスが運んできたクヌギの実やドングリがこんもりと積まれていることでしょう。そうやって世界はもう一度冬眠に入るでしょう。時おり私は自分が冷たい雪原をさ迷い歩くヤマイヌのような気がします。満月を見あげて吠えるヤマイヌ。満たされない空虚が海ほど大きくて月まで飲み込んでしまおうと、空に向かって荒々しく跳ね上がるヤマイヌ。たとえ、その月を食べたとしても、この満たされない空虚が埋まるでしょうか。冷たい月を飲み込んだがために、背骨や脚が曲がってしまい、引きずった足跡を雪原につけて不安な目を光らせながらうろつくことでしょう。しかし父の病室に入ると、私はまたおとなしいヤマイヌになります。私はずっと前からこの病室のことを知っていたようであり、ここで長い昼寝をしたことがあるようにも思われます。この病室で時おり考えます。ひとの生涯で最後に残るのは何だろう、と。

それは何でしょうか。写真立ての中で色褪せていく家族の写真？　胸の中に大事にしまっている愛する人の顔？　訪れる人のいないお墓？　頼りにしてきた友人の住所やいくつかの電話番号？　そしてお姉さんにとってのムニ？　私のアルバム？　私はついに言葉をなくし窓ガラスに額をつけています。そのいかなるものも私の胸の中を蝕んでいる心の冷気を取り払ってはくれないからです。私がだれかの存在をすでに忘れたように、私の存在を記憶する証人たちも消えていくでしょう。父をはじめ、私は数えきれないほどの私の証人を失うことでしょう。秋が終わりつつある空にしばらく集まっては散るあの雲のように、結局は何も残らないでしょう。存在の無、それでいて限りない循環。一方では私の証人は消えていき、一方では新しい証人が生まれてくる……人生は硬い鎧のようです。二度と戻らないものの前で歌いたいという気持ちがさらに強まるのは、またどうしてでしょう。

父といっしょに院内の散歩に出ました。あの日、夜中に起きあがりすすり泣いていたことを、父は私に気づかれてないと思っているようです。もうすべての検査が終わりました。結果は一週間後です。一週間後、その時には分かるでしょうか。七年間静かだった石灰質が、なぜふたたび動いたのか。明日、退院した父は兄の家に行きます。その次のことは一週間後に考えることになります。病院の中庭を少し歩くつもりでしたが、もう少し、もう少しだけ……と言われ、結構な距離を歩きました。テニスコートの前を通り、舗装されてない狭い道に入ったら、サツマイモ畑がありました。病院の中に畑があるのを初めて知りました。畑というより、あのおばさんが空地にイモを植えただけのことでしょうけれど。冬が過ぎ春が訪れるころ、あのサツマイモ畑には病院の別館が建つかもしれません。サツマイモ畑の前で、父のもう少しだけ……が終わりました。一人のおばさんがサツマイモを掘っていました。茎をぐっと引き抜きながらクワで地面を掘っているおばさんの姿を見て、父はたどたどしくつぶやきました。サツマイモは雨が降った後で掘るものですが。父の腕をつかんでいた私は、ジャガイモも、と付け加えます。そんなこと気にしないで、おじさんは早く病気を治してくださいい。お年寄りは元気でいてくれることが子どもたちを助けることなんですよ。サツマイモを掘っていたおばさんは私と父の顔をかわるがわる見あげ、土のついた手でひさしを作り秋の日差しにかざしました。田舎の家ではサツマイモやジャガイモは雨の後で掘ることになっています。冷たい雨がやんだ後、ジャガイモやサツマイモの茎を引き抜くと、土の中のジャガイモやサツマイモがぞろぞろとついて出てきます。ジャガイモを掘るのがどんなに豊かで楽しいものだったか、親に言われなくても素足で畑をかけ回りました。サツマイモやジャガイモはあまりにもたわわで、一畝《うね》だけで山となりました。掘っても掘っても出てきました。掘り終わったと思っても、畑打ちで掘り返した土の中にサツマイモやジャガイモが出てくることもあります。父はサツマイモを掘るおばさんのそばでしばらくたたずんでいました。風が冷たいからもう帰りましょうと言っても、畑から離れようとしません。父はそのサツマイモを自分で掘ってみたかったのでしょう。雨は降っていなかったけど、茎を引き抜けば昔のようにぞろぞろとサツマイモが出てきそうだったのでしょう。私に腕を引っぱられて畑の狭い道を出てきながら、父は何度も何度も畑の方をふり向きました。病室に戻り疲れたのかしばらく横になっていた父が、田舎の母に電話を入れるようにと言いました。電話の向こうの母の声を確認して受話器を渡すと、父の第一声は、

サツマイモ……イモは掘ったかね？

でした。父は受話器を耳にぴたっと当てて続けました。

まだならそのままにしとき。わしが行って掘るから。

冷蔵庫でジュースを取り出していた私はじっと父の耳を見つめました。父の痩せた耳が遠くの母に何かを語っているようでした。私はその話を聞こうとジュースのビンが傾くのもかまわずに耳を傾けます。父の耳が母に言っています。わしは今日みたいな秋の日差しがよい日、畑でサツマイモを掘って、そうやって逝くよ。晩春の日差しが暖かい日、ジャガイモを掘りながら静かに。

とりとめのない手紙が長くなりました。でも、私はこの手紙を出すことになるでしょうか。それではお元気で、と書こうとすると、どこかでまた列車の車輪の音が聞こえてきます。ガタ

ンゴトンガタンゴトン、あの恐ろしい音に思わず土手の裏に身を隠す少年の姿もちらつきます。それでも今日は心が穏やかなようです。サツマイモ畑から帰るエレベーターの中の、「悲しんでいる人たちはさいわいである、彼らは慰められるであろう」という言葉が静かに胸に染み入ったので。壁の額が少し斜めになっていたので、手を伸ばして直しておきました。

お姉さんももうあのころのようにすぐ涙を見せたりはしないでしょう。そうであろうと思います。野菜や海苔巻きを入れるピクニック用の竹かごはお求めになりましたか。いつかいっしょにテレビを見ていたら、ドラマの中の夫婦が子どもを連れてピクニックに出かけるシーンが流れてきました。黄色いキャップを後ろ前にかぶって大きく笑う子どもを先頭に、終始楽しそうな夫婦の姿に私の胸は締めつけられました。ついパパを失ったムニのこと、ご主人を亡くしたお姉さんのことを考えていました。落ち着かない私の思いをよそに、しばらくするとお姉さんが明るい声で言います。

あれ、すごくかわいくない？

お姉さんが言ったのは、薄緑色のAラインのワンピースに同じ色のシフォンのカーディガンをはおった妻が持っている竹かごでした。私の目にはさほどかわいくありませんでした。取っ手のついたありふれたかごです。かごの中には砂糖づけにしたイチゴや海苔巻きのお弁当、それから果物ナイフや汗ふきのタオル、予備のストッキングや子どものおやつなどが入っていたでしょう。私はそうしたかごがかわいいと答えるしかありませんでした。ピクニックのシーンが映った時から私はムニやお姉さんの胸を打って走ったであろう喪失を感じているのに、お姉さんが何ともなかったはずはありません。それでお姉さんもつい竹かごのことを話したのでしょう。ありふれたかごがとてもかわいいとほめたのでしょう。今度、ああいうバスケットを買いたい。それで手作りのお弁当を作ってムニといっしょに古宮に出かけるの。そうですね。あの時、涙の代わりに突然かごのことが言えたので、それから一年、もう少し鍛えられていることでしょうか。でなければ、今でも出勤の時はご主人が横たわっていたベッドに向かって手をのばしていますか。今でも家に帰ると、玄関の扉を開けて、パパ、ただいま、と言うのでしょうか。

＊1【三月三日……こんな景色がまたあるか】全羅道《チョルラド》の民謡、鳥打令《セタリョン》の歌詞。あらゆる鳥の姿や鳴き声を描写し、飛鳥歌ともいう。

＊2【水宮歌《スグンガ》や沈清歌《シムチョンガ》】いろんな人が集まる場の音の意の民俗芸能、パンソリの演目。手扇やハンカチを手にした歌い手「ソリクン」と太鼓の伴奏者「鼓手《コス》」の二人だけで演じる、身振りを伴った一種の語り物。

＊3【学生に返す貯金】一九七〇年代、政府指導による「貯蓄生活化汎国民運動」が行われ、小中高のほとんどの生徒が参加。作中のように、近くに金融機関がない

地方の学校ではクラスや学校で管理するケースもあった。

＊4 【徳寿宮】 朝鮮時代の五大王宮の一つ。ソウル市庁舎前の広場に面し、地下鉄「市庁」駅にも近いことから、待ち合わせ場所としてよく使われる。

暗くなったあとに

1

踵《きびす》を返そうとした男が、入場券を受け取るために手を伸ばした女に尋ねた。金がないけど入っていいですか？　冗談などまったく知らないような表情で攻撃的な言い方だった。境内の入場券を受け取ろうとした女は伸ばした手を下ろして、しばらく男を見つめた。女は大きくも小さくもない目と、きれいな肌と端正な形の口をしている。注意しなければさほど目立たない容姿だが、感情的になるような状況でも公正な判断ができそうな雰囲気だった。だめだろうな。しょげた男が背を向けようとすると女が言った。いいですよ。抑揚のない澄んだ声だった。思いがけない女の返答に、男の方が気後れした様子で一柱門の中に入った。何歩か歩いた男が後ろをふり向いた。肩まである女の黒い髪が日差しを受けて波打っていた。女は男のことはもう忘れたみたいに次の人の入場券を受け取っている。男は足を止め、入場者が途切れて一休みしている女のところに戻った。あの……。女が男の方をふり向いた。牛の目のように黒い瞳が男を見つめる。女は少し鼻梁が広い。そのためだろうか。きれいな額をしているが、気難しい印象ではない。男は遠慮などまったく知らない人のように、自分を見つめる女に言った。すごく腹が減ってるけど、後で飯をおごってもらえますか？　女は五秒ほど男を見つめてから答えた。そうしましょう。

2

俺は三十代にもう死ぬ運命だった。四十代の殺人犯は言った。殺人は俺の本業で、警察だと偽って金品を恐喝するのは副業だ、とも。俺はただ好きで人を殺した。たくさんの人を殺したので無感覚になったのだろうか。殺人犯はすでに生きることと死ぬことを超越してしまったようだった。未解決の殺人事件で収監中の彼には不安や恐怖の気配など微塵もなかった。

十代に窃盗容疑で少年院に収容された。これまで十四回の特殊窃盗および性的暴行のため十一年間を刑務所で過ごした。一九九一年にマッサージ師の女性と結婚し長男が生まれる。二〇〇二年五月頃、妻に離婚訴訟を起こされて離婚。その頃から女性に対する嫌悪を抱く。てんかんの治療を受ける。交際中の女性に前科と離婚歴が知られ、別れを言い渡される。二〇〇三年の出所の際、初雪が降るまでに百人を殺害するとの目標を立てる。最初の犯行は江南区《カンナムグ》新沙洞《シンサドン》の一戸建てに住む大学名誉教授の夫婦。確認されただけで二十一人。本人はさらに五人の女性を殺害したと主張している。犯行の対象は、主に富裕層の老人と女性。大胆で緻密な手法ではとんど痕跡を残さない。自分で作ったハンマーやナイフを使用。証拠をなくすために放火または死体をばらばらにして山に埋め、被害者の身元が分からないよう死体の指紋をはがすなどの残忍な手法。

これが新聞に掲載された、本業は殺人だと言った犯人の履歴だった。

3

男は一キロは続いているだろうモミの並木道に入った。幹の太さが直径五十センチはありそうだ。日差しの下で堂々と並んでいる。よほどの雨でなければ木が雨粒を遮ってくれるだろう。男の前を歩いていた老人が立ち止まり、靴を脱いで手に持った。老人は何歩か歩き、今度は靴下まで脱ぎ裸足で並木道を歩く。平日の遅い時間なので境内に入る人は少なく、見物を終えて出てくる人の方が多かった。彼は時おりふり返り、太いモミの木の間からかすかに見える女の後ろ姿を確認した。女はモミの木の下に茂った笹の間から注がれる夕日を浴びて立っていた。

いいですよ。

そうしましょう。

しばらくこちらを見つめたものの、女のあっさりとした返事が男の脳裏から離れない。男の常識では、女は横目でにらんだり、だめですよ、と言わなければならない。初めて見る人が入場券なしに入らせろと、腹が減っているから飯をおごってくれと言うのに、どうして？　と聞き返すこともない。いいですよ、そうしましょう、とは。僕が哀れに見えたのだろうか。男は久しぶりに、そして今さら自分の身なりを見回してみた。グレーのジャンパーとグレーの綿ズボンはほぼ一ケ月間洗っていない。寒くなってから市場通りで茶色のVネックのセーターを買って、着ていた半袖のシャツの上に着込んだ。下着は何日も着て、もうだめだと思ったらコンビニで買ってトイレで着替え、脱いだものはビニール袋に入れてゴミ箱に捨てた。一週間もはいている靴下からは悪臭がした。髪は襟首を覆うほど伸びていて、切っていない爪がぽきぽき三つも折れている。だれでも男から浮浪者の臭いをかぐことができるだろう。もう一度ふり向いて女の後ろ姿を見つめた男は、大雄殿から出てきた中年女性の額に肩をぶつけてしまった。若い人が前も見ないで、と叱られ、男はようやく女をふり向くのをやめてうなだれた。

4

殺人が本業だと言う男の出現をなすすべもなく受け入れるしかない自分の境遇に、男は絶望した。どう対応すればいいのか分からなかった。もうあの家では暮らせないということだけは確かだった。最後の儀式を行うかのように、男は力をふり絞って小さなマンションを借りた。そして事務所から持ってきた自分の荷物を投げ入れると、そこを出てきた。行く当てなどなかったので、駅で目につく地方行きの切符を買って列車に乗り込んだ。そして通帳もクレジットカードの入った名刺入れも持っていないことに気づいた。ガタガタ走る列車の中で財布を開けてみると、十万ウォンの小切手数枚と何枚かの一万ウォン札が入っていた。財布を閉めながらこの金がなくなるまで、と決めた。それがいつだったろう。自分がいつからこの地方に来ているのかもはっきりしない。この地方に、そしてこの寺にたどり着くまで、男は足の向くまま迷い歩いた。行きたいところもやりたいこともなかったので、ただただ歩き回った。ある駅で降り立ってからは列車に乗っていないので、男がさ迷ったのはこの地方の周辺だろう。ある日は果てしもなく続く野原に立っていて、ある日はヒイラギの群生地で気がつき、ある日は遠くの地平線を眺めている自分がいて、またある日は支石墓《コインドル》が集まっているところで目が覚め、ある日は黄色い土の畑の前に座っていて、またある日は水車が回っている塩田を見つめていた。

男は自分が通ってきたのがどこなのか、だれに会ったのか、何を食べたのか、何も記憶したくなかったので、どこにいようが何をしようが構わなかった。男は知らない場所でバスに乗り、何でも口にし、どこにでも寝た。寺の入口にたどり着いた時、男は入場券を買う金すらないことが分かった。境内に入らなければならない理由などなかったので、そのまま引き返すつもりだった。所持金がわずかしかないことに驚いたが、どうにかなるだろう、という気持ちもあった。来た道を戻ろうとした男は、金がないけど入っていいのか、と何気なく尋ねた。思いがけず、いいですよ、と女が言ってくれたので、とぼとぼと一柱門の中に入ってきた。

5

最初は怨恨による犯行と見なされた。三人も目も向けられないほどメッタ切りにし、何も持っていかなかったからだ。大きな事件だったのですべての可能性が考えられたが、怨恨による犯行にするほどの容疑者がいなかったので、金を必要とする家族のだれかの仕業かもしれないと言われた。家族全員が殺害されたので、つまりは生き残った男のことだった。男は時が来れば勤めている金融会社を辞め、楽器店を開く夢を持っていた。男に演奏できる楽器はなかったが、不思議に楽器に魅了された。ピアノが一番好きで、チェロや洋琴、*1短簫《タンソ》にも惹かれた。楽器といっしょなら大きな利益がなくても、朝は明るい気持ちで目を覚まし、穏やかな人生を送ることができそうだった。その夢が男を容疑者にしてしまった。よりによって楽器店を始めるための調査に乗り出したころだった。男はただただ、どこかに身を隠したかった。知っている顔と出会うのが怖かった。家族の仕業かもしれないという噂がたち、警察から遠回しに尋問された翌日、男は会社に辞表を出した。そしてまともな窓など残っていない、静まり返った撤去直前の市営マンションに身を隠した。そこにはだれもいなかったから。外れた扉、投棄されたゴミと腐った煉炭、ありったけの力で血を吸い込む虫と、夜は陰鬱な暗い影を落とす木々だけだったから。それは毎日男が車を運転して出社するたびに何気なく眺めていた建物だった。閑散とした高架道路がある林の中に、一時は人々の賑やかな暮らしがあっただろうマンションは不気味に打ち捨てられていた。扉はすべて外されている。マンションは撤去され公園になる計画だが、補償問題が解決されず放置されていた。人が住まなくなったそのマンションに男は身を隠した。しかし犯人が捕まっていないので、男はまだ容疑者のままだった。まったく連絡を断ち切ることもできず、時おり携帯電話の充電や最小限の食料品を買うために廃虚を出た。

そんなある日、男は勇気を出してあの家を訪れた。家は大きな山に抱き込まれている。車で十五分もあれば都心に出られるのが嘘のように閑散としていて、空気も新鮮だった。マンションなどはない、一戸建てが並んでいる町でもある。その町でも男の家は目を引いた。小さな道路を挟んだ向い側に教会があるからだ。男の母は庭を作り、真冬以外はいつも塀に季節の花が咲き乱れるようにした。日曜日に教会を訪れる人は思わず笑みを浮かべて男の家を眺めた。その家が今は恐怖と傷みと悲しみに静まり返っている。花はおろか明かりさえ切れた家を、家族といっしょに暮らしたその家を、男は他人の家を眺めるかのように見あげた。ふと花を咲かせていた塀があまりに低いことに気づいた。その家を建てる際、母は自分の幼年期を思い浮かべていた。幼い時期を過ごした家の低い塀と花壇、裏庭の縁側、かめ置き場をそっくり再現した。母はさらに家の敷地に井戸を掘りたがっていた。今は地上から姿を消した母の昔の家には、表門の横に花壇が広がり、その端に井戸があったそうだ。家に井戸があればどんなに嬉しいだろう、と母は言った。男は同意しなかった。昔と違って、もう家の井戸は使い道がない。役に立たない井戸を掘るために多額の費用をかけるのはばかげたことだった。それに、家に井戸があるのが男には嬉しいというより、不気味なことのように思われた。男が反対すると母は、井戸のある家で育った子は何かが違うはずよ、と訴えてきた。マンションやアパートのような、どこも同じ空間で子どもが成長するのはよくないとも言った。兄と私もマンションで育ったし、この家には成長が必要な子どもなどいない、と言うと母は、私はそもそもあなたたちを戸建ての家で育てたかったの。それができなかったのは私の意思ではないわ、と怒ってしまった。今は子はいないけど、いずれ子どもも生まれるだろうし、とも。男はそれ以上何も言えなかった。子どもというのは、兄の子のことではないだろう。兄は自閉症だった。学校に通ったことがなく、家族以外の人とはほとんど接触がない。家の外に出たこともほとんどなく、つねに母の手助けを必要とした。ひょっとして母は、兄が井戸や庭のある家で育ったら自閉症にならなかったかもしれないと考えているのだろうか。そう思うと、現実とかけ離れた家を設計する母のことが悲しくなった。家を建てる過程で母と違う意見を出していた男が、母の意向に従うことにしたのはそのためだった。父が亡くなり、すべての財産を整理してあの家を建てる時、母は活気に満ちていた。どんな未来が待っているかも知らず、母はこれからもずっと祖母と兄とそして男といっしょに暮らす空間を設計した。予定のない男の結婚と、未来の子どもたちまでをその家の中に引き入れた。しかし井戸を掘る母の夢はかなわなかった。男が反対したからではなく、水脈が見つからなかったのだ。井戸を掘ることができなくなった母は、数日眠れないほど残念がった。子どもたちが井戸の中を覗きながら大きくなればいいのに、と。

6

何が食べたいですか？

男は食べたいものなどなかった。それでも朝から何も口にしてなかったので、腹は空いていた。

カキのお粥はどうですか？　おいしいお店があります。

女が先に歩き出した。男はほとんど空っぽのリュックサックを肩にかけ直して女の後をついて行った。

少し歩くしバスにも乗るけど、大丈夫ですか？

男は首を縦にふった。

食堂が並んでいる海岸沿いに着くまで、二人は何も言わなかった。女はバス代を払い男が降りるのを待って先を歩き、男が遅れているようなら待って歩調を合わせた。女は男に何かを尋ねることもなく、とりわけ親切でもなかった。ご飯をおごると約束したので、それを誠実に履行しているようだった。立ち並ぶ食堂の中でソンギョン食堂という赤い看板の店に入った。夫婦らしい店主が、なぜこんなに久しぶりなの、と嬉しそうに女を迎えてくれた。

とてもお腹が空いた人を連れてきたの。お粥、おいしくお願いね。

ソンギョン食堂の夫婦は男を一瞥すると、テーブル席ではない座敷に上がるようすすめた。オンドルが暖かいんだ。男は言われた通り靴を脱いでオンドル部屋に上がり、並んだテーブルの前に座った。本当に床が暖かかった。男は思わず足を伸ばした。

ちょっと待って……お粥は時間がかかるから。

食堂の女将がにこにこしながら男に言った。初対面なのに久しぶりに会う親戚かのような親しげな口調だった。女は男といっしょに座らなかった。袖を巻き上げて客が出ていったテーブルの食器を片づけ始めた。食器を持って厨房に入ると、布巾を持ってきて店内のテーブルを拭いた。一日中働いたんだから休みなよ、と食堂の夫婦が言っても笑って、あっという間に店内のテーブルをきれいに拭いた。テーブルを拭き終わると、厨房に入って皿洗いを始める。カタカタと食器を洗う音が聞こえる。テーブル席で食事をしていた客が、おばさん、山菜のナムルお代わり！　と声をあげると、女はいつの間にかナムルの皿を持って客のテーブルに行き、空いた皿を持ってまた厨房に戻った。てきぱきと動く女はまるで従業員のようだった。しばらくすると女はお盆一杯のおかずを男のテーブルに持ってきた。カラシ菜のキムチとオタカラコウのナムル、ジャコ炒めとウズラの卵とキュウリのスティック、ゆでたサツマイモがずらりと並べられた。続いて店主の男がホヤとナマコ、ゆでたタコとまだ動いているテナガダコ、皮をむいた海老、ゆでたカニとサザエを一皿ずつ持ってきた。テーブルの上がいっぱいになってしまった。なのにまたオキシジミの鍋とサンマの塩焼き、さらにはミルクイガイの刺身をこんもりとのせた皿が出てきた。男は呆然とテーブルを眺めた。箸をとろうともせずテーブルを眺めてばかりいる男に女将は、お粥はまだ時間がかかるんよ、まずはこれを食べて、と言い、新しく入ってきた客を迎えた。男はぼうっとテーブルを眺めてから、今は食堂の外で魚の下ごしらえを手伝っている女の方を見つめた。女は店主の横に座って彼がホヤの下ごしらえをすればその殻を捨てて水を注いでやり、貝を運んでいる。仕事の途中、女が男の方を見つめた。女と目が合った男が手で女を呼んだ。男を見つめていた女が立ち上がり、ぬれた手をエプロンで拭きながら男の方に来た。

酒が飲みたいが、酒も一杯おごってもらえますか？

今度はそうしましょう、という言葉もなしに厨房に入って焼酎を一本持ってきた。これでいいですか？　と尋ねた。男はうなずき焼酎のビンを受け取る。

7

自閉症の兄はとても整った顔をしていた。祖母は兄の鼻が祖父の鼻にそっくりだと言いながら、よくしわくちゃな手で兄の鼻を撫でさすった。人の手に触られるのを極度に嫌がる兄だが、祖母のその手にはおとなしくしていた。兄が嫌っただろうけれど、男は兄の手を握ったことがないのを、あの日の後に気づいた。兄を抱いたことも、兄の顔を撫でたことも。何を考えるのか、兄は時おり男の頭を撫でさすった。いったん始めると三十分以上は同じ動作をくり返した。ついには男が水を飲みに行くか、手を洗いに行くふりをして逃げた。お兄さんだと分かるんだよ、兄が男の頭を撫でさすると、祖母はしわくちゃな目をさらに細め満足そうに微笑んだ。目を覗いてごらん。何かが通じるはずよ。お前たちは兄弟だもの。祖母は言ったが、男は兄の目を覗いたりしなかった。兄の目を覗けば、その無垢の世界へ引き込まれそうだった。いったいだれが何のために、無力な家族にとってつもないことを……。男は考え続けることができなかった。実感がなかった。すべてが夢か芝居のようで、現実のこととは思えなかった。男はその時間に家にいなかったがために一人生き残り、家族が殺害された現場を最初に目撃しなければならなかった。帰りが遅い日だったので、母を起こさないよう鍵を開けて庭に入った。母は寝ている時も家をまっ暗にすることはなかった。ところがその日は家中の明かりが消えていた。変だと思いながら玄関の扉を開けて足を踏み入れた瞬間、男は思わず鼻をつまんだ。血の臭いだとすぐに分かったわけではない。片手で鼻をつまんで、片手でリビングの明かりをつけたが、室内でくり広げられた状況を認識するにはしばらく時間がかかった。母はキッチンに、兄は階段の下に倒れていた。いたるところに血だまりができていて、飛び散った血が乾いていた。部屋の中でメッタ切りにされた祖母まで見届けた時、男は自分の魂が抜け出るのを感じた。警察は犯人がまずキッチンにいた母をナイフで刺したようだと推定した。次に一階の部屋にいた祖母が、下の騒ぎで二階から降りてきた兄が刺されたようだと。兄は十七ケ所も刺されていた。いくら一階が騒がしくても、隣の人が大声で言い合っても、何にも聞こえないかのように一人の世界に閉じこもっている兄が、なぜあの時は下に降りてきたのだろう。

8

寝るところがないけど、泊めてもらえますか?

女は闇の中で男を見つめた。男が並べられた料理を食べ酒を飲んでいる間、女は自分のことのように働いていたので、親戚の店なのかと思った。しかし食堂を出る時、女は男が追加で飲んだ焼酎の半分の値段まできちんと払った。

家に行きますか?

男がうなずいた。

またバスに乗らなければなりません。

女が先に立ち、男はその後をついて行った。闇の中から潮の香りがしてくると、女は深く息を吸い込んで、ふうと吐き出した。女の後ろで男も潮の香りを深く吸い込んでから吐き出した。

三日月ですね、女が月を見あげた。女の後ろで男も月を見あげた。

暗闇の中、女がふんふんと歌いだした。

　鳥よ鳥よ、緑の鳥よ

男も女について歌った。

　鳥よ鳥よ、青い鳥よ

男が歌うと、女は初めて男に話しかけた。

この地方の方ではないんですね。

……。

歌詞で分かります。ここの人は鳥よ鳥よ、緑の鳥よ、なんです。あなたは青い鳥よ、と歌ったでしょ？

そうでしたか？　男は覚えていなかった。

最後まで歌ってみますか？　私が知っている歌詞と合わせてみます。

男は歌うというより、ぶつぶつとつぶやいた。

鳥よ鳥よ、青い鳥よ[*2]

緑豆の葉にとまった鳥よ

ゆらゆらと枝がゆれりゃ

君が死ぬのをなぜ分からない

女が首をかしげた。

比べられませんね。初めて聞く歌詞だわ。だれに習ったんですか？

母だった。母は兄の世話をする時よく、鳥よ鳥よ、青い鳥よ。緑豆の葉にとまった鳥よ……を歌っていた。何の意思表示もしない兄でさえ時おり、鳥よ鳥よ、青い鳥よ……とつぶやいた。

母がよく歌っていたので覚えてるだけです。

お母さまのご出身は？

北の方……。

ああ、北の方ではそうなんですね。この歌は地域によって全部違うんです。全国的に知られてるのは、鳥よ鳥よ、青い鳥よ、緑豆の畑におりるな、緑豆の花が散れば、清泡売り《＊3チョンポ》が泣いちゃうよ……ですね。

ここの人たちは？

ここは……歌ってみましょうか。聞いてみます？

男は女の後ろでうなずいた。男がうなずいているのが見えたはずはないが、女は歌い始めた。

　鳥よ鳥よ、緑の鳥よ
　上側の鳥よ、下側の鳥よ

全州《チョンジュ》　古阜《コブ》　緑の鳥よ
木にとまって　つつく鳥よ　飛んでいけ

9

世の中は分からないところだ。殺人犯が逮捕された後、インターネット上に彼のファンクラブができたという記事を読んだ。ファンクラブだなんて、わけが分からない男はネットを検索してみた。ファンクラブ運営者は殺人犯の名前を苗字ではなく、名前に「さん」をつけ親しげに呼んでいた。

ここはファンクラブです。文字通りのファンクラブ。私をののしりたい人は他のところでやってください。偶像化だと？　そんなことありません。韓国の法律において彼は当然犯罪者です。しかし、まだ有罪が確定したわけではありません。……十ケ月間で二十人以上を殺害し逮捕されなかったこと、だれにでもできることではありません。本当にすごいことではありませんか。それに殺したのは金持ちと売春婦だけです。金が必要で殺したなら、人の命を金に変えたことになるので非難されて当然だけど、これは違います。彼は人を殺して金を奪い取りましたか。金持ちと売春婦が嫌いで殺しただけで、彼らのことが死ぬほど嫌いなのは、国や社会にも責任があるのではないですか。なぜ国や社会を非難しないのかが分かりません。彼は生まれた時から悪魔でしたか。

10

事件から一年以上経って明らかになった殺人犯は、黒い帽子と青いマスクをしていた。男の家族の事件捜査で捕まったのではない。犯人は離婚した妻と同じマッサージ師の中で、妻と似た体形の女性だけを殺害したために特定された。逮捕後、自慢するかのように自白した犯行の中に男の家族の事件があった。離婚した妻を殺さなかったのは息子がいたからだと言う。自ら作ったハンマーとナイフの写真が新聞に載っていた。それをもって女性たちを殺害し、ばらばらにして袋に入れ、市内の中心地にある寺の入口に埋めたと書いてあった。連続殺人犯が逮捕されたという報道を聞いても、男はそれが自分の家族を殺した犯人だとは想像できなかった。男はあの事件以後、いかなることについても三分以上考えることができずにいた。突然失語症の状態に陥ったり、些細なことにも火のように怒ったりした。殺人犯は男の家の町名をはっきりと述べ、家にいた老女二人と若い男一人を殺したと自白した。いったいなぜ？　その家が教会の前にあったからだと犯人は言った。その家に庭があったからとも。犯人が幼年期を過ごした村に教会があり、その教会の前にきれいな庭の金持ちの家があったそうだ。彼はその家を憎みながら育った。それが人生の最後に希望の家を建てた母と自閉症の兄と体中しわだらけの祖母を殺害した理由だった。家族が殺害された理由を聞きながら、男は自分から抜け出た魂はもう戻らないだろうと感じた。母がそこに家を建てた理由の一つは、目の前に教会があったからだ。教会の前だから、だれも悪いことはしないという気持ちがあっただろうし、母自身は宗教をもっていなかったけれど、何かに守られている感じはほしかったのかもしれない。もちろん外出しない兄が過ごすには、これ以上ないほど空気のきれいなところだったのが一番の理由だった。年寄りと自閉症の男しかいない家だと分かっても犯行に及んだだろうか。教会の目の前の家を選んだのは、神をあざけりたかったのだろうか。神を否定することだけでは満足できず、神の前で人を殺す勝利を味わいたかったのだろうか。

11

女の家はバスを降りてからしばらく歩かなければならなかった。女が庭の中に入ると、まっ先に大きな犬が三匹飛ぶように駆け寄り尻尾をふりながらワンワンと吠えた。数匹の子犬も女の足もとに集まってきた。犬の騒ぎに部屋の扉が開き、中学生ぐらいの少年とそれより下に見える少女が、お帰り、お姉ちゃん！　と言いながら彼女を迎えた。少女は、お姉ちゃん、なぜこんなに遅くなったの？　と不満をもらし、少年はだれ？　といった顔で男を見あげた。

お母さんは？

女が尋ねた。

もう大変だったんだから。お母さん、今日はお姉ちゃんが遅いって知ってたみたい。夕飯も食べないで、布団にうんちを二回もしたの。

そうなの……あなたが片づけたの？

ううん……お兄ちゃんが。

お兄さんはテスト期間中なんだから、あなたがやればいいのに。

お兄ちゃんが自分でやるって。

きょうだいと話した女が男の方をしばらく見つめると、こっちへどうぞ、と板の間の向こうの部屋の扉を開けてくれた。

空いている部屋がありません。私の部屋ですが、ここでお休みください。私は母といっしょに寝ますので。顔を洗いたければ、庭のあちらでどうぞ。

女はまた男を見つめてから、そそくさと弟と妹のところに行った。男はゆっくりとした動きで部屋の中に入った。座卓が置いてあるだけの質素な部屋だった。座卓の上には笠のあるスタンドと、女のものとみられるハンカチが四枚たたんであった。女が仕事に行く時に着る服だろうか。ハンガーに何枚かの洋服がきちんとかかっていた。窓の前に大小の化粧品があり、サンプル用の小さな化粧水やローションのビンが背比べをしているように並んでいる。男は座卓の横にくたびれたリュックを下ろし、壁によりかかって座った。部屋の暖かいぬくもりのためだっただろう。酔いと疲労が同時に押し寄せてきた。男は床に体を滑らせ、外から聞こえる笑い声を聞く。おもしろい話でもしているのか、女と少年と少女の笑い声が切れ切れに続いた。

12

お昼に注文したキムチチゲが出るのを待っていたあの食堂はどの辺りだろう。男の視線が偶然、隣のテーブルの新聞にとまった。生きているのにうんざりしたという見出しのために新聞に手を伸ばした日があった。それは犯人の裁判に関する記事だった。四回目の公判が進んでいた。生きているのにうんざりしたというのは、遺族十数人が証人として出席した公判で犯人が口にした言葉だった。処罰に対し遺族のだれかが、最も重い刑を望むと答えたようだ。犯人はこんなふうに引きずり出されて受けるのも裁判なのか、と声を荒らげたと。そしてすぐ遺族に血書で謝罪したい気持ちだと、まったく異なることを口にしたと書いてあった。裁判長が他の証人の陳述が必要だと述べると、犯人は自分が自白しなかったら多くの事件が完全犯罪として葬られたと、無能な捜査機関だと非難する場面もあったようだ。記事には、殺害後はけだるさと疲れで熟睡することができた、と続いた。慌てて新聞を押し退けたが、すでに読み終わった後だった。熟睡した後は、また人を殺したい衝動にかられたとも書いてあった。死体を埋めると、一日の仕事をなしとげたという満足感があったとも。

13

モミの並木道が終わると、カエデの並木になった。木が変わるところで道も少しずつ曲がっていた。女の方をふり返ったが、カーブのせいで女の姿の代わりに遠くの一柱門が斜めに見えた。道が曲線を描くと、カエデの並木とその先のモミの並木とその下の笹がより心地よく感じられた。境内は低い石垣に囲まれていた。低い石垣からは内側を覗くことができた。境内はどこも突然高くなることも低くなることもない。上りは低い石垣と三、四段の階段が連なり少しずつ高くなり、下りもそれをそのまままくり返している。僧堂の礎石は同じものがなかった。高いものと低いもの、短いものと長いものが混ざっている。自然のものをそのまま必要なところに使っているのだろう。境内には、亡くなった夫の魂のために夫人が文字を一字書くたび頭を床につけ一礼する、一字一拝で法華経を完成したと伝えられる場所があった。祈りの最中に夫の手が夫人の髪を撫でさすったと書いてある。男は自分の頭を撫でさすった兄の手が思い起こされて、しばらくその場に立ちつくしていた。大雄殿の八枚の扉には蓮と菊の花紋が施されている。花は風雨に洗われ、美しい木目だけを残している。男は美しい花紋の扉に疲れた体をもたせかけた。まぶしい日差しが顔に降り注ぎ、男は目を閉じた。祖母が来て母が来て兄が来て、男の両側に立った。暖かい日差しが彼らを包み込んだ。花紋の前で家族は四人になった。どこからか現れた女が四人に向かってカメラのシャッターを押して、男はふと目を開けた。

女の部屋だった。

辺りは静かだった。殺害された家族が男の夢の中に完全な姿で現れたのは初めてだ。男が寝ていた間に女が入ったのか、天井の蛍光灯が消え、座卓のスタンドが灯っていた。体には布団がかけてある。額と襟首にびっしょりと冷や汗をかいている。男は座卓の上にある女のハンカチを一枚とって汗を拭いた。あの日以来、夢で会う祖母と兄と母はいつもナイフで刺されていた。血を流し苦しみもがいていた。男はその姿に会わないため、寝ないよう努力した。女のハンカチを握って座っていた男は、部屋の扉を開けて板の間に出てきた。男の気配に犬たちがくんくんと鼻を鳴らしたが、すぐ静かになった。風が吹くと、庭のどこかにある柿の木の葉がぱらぱらと落ちているようだ。落ちた柿の葉がひゅうひゅうと庭に舞い散っていた。板の間の向こう、薄明かりが漏れる部屋の扉をそっと開けてみた。昨日二回も便を漏らしたという女の母が部屋の真ん中で寝ている。その横で母に顔を向けた女が、その両側には少年と少女が母と女の腕をつかんで一つになって寝ていた。音をたてないように扉を閉めて、男は靴をはいて庭に降りた。風を避けて板の間の下で寝ていた犬たちがまたくんくんと鼻を鳴らしたが、まもなく静かになった。井戸だろうか。庭を歩いていた男が庭の端にあるそれに気づいた。家を建てる時、母があれほど掘りたがっていた井戸を、女の家は何でもないように持っていた。女と少年と少女は井戸の中を覗きながら幼い時期を送っただろう。もう何にも反応しなさそうだった男の心が微かに揺れた。井戸の前にぼんやりと立ちつくしていた男が上半身を曲げて静かに井戸の中を覗いてみる。深い暗闇だけで、何も見えない。男は井戸の前に座って、井戸のふちに腕を置いた。腕に顔をのせて、井戸の中を覗いてみる。濃い闇だけで、何も見えない。しばらくして男は井戸の中に顔を突っ込む。水面にあの家の納屋が浮かび上がる。井戸を掘れなかった母は、それなら納屋を作らなければ、と言い出した。納屋だって？　子どもたちも隠れたい時がある、家の中に隠れる場所を作らなければ、と母は言った。地下室があるじゃない、男が反対したが、地下室だけでは満足できないようだった。そして母は庭の片隅にまだ生まれてもいない子どもたちのために納屋を作った。そしてそこに乾いた藁を敷いた。母が幼い時期を過ごした家の納屋の姿だったのだろう。卵を産む鶏もいないのに、母は鶏が卵を抱いても新しい卵が産めるところまで作った。その納屋には時おり鶏ではなく兄が座っていた。兄が納屋にいると祖母がその横に座り、まもなくゆでたサツマイモや豆を持ってきた母が祖母の横に座った。男は彼らをぼんやりと眺めるだけだった。あまりいっしょになりたい光景ではなかったが、あの日以来家のことを考えると、胸を締めつけるほどまっ先に浮かぶ光景だった。井戸の中を覗いていた男の目に熱いものが押し寄せてきた。泣きたくても泣けないほど乾き切っていたのに、井戸を覗いて泣き始める。低い声で始まった男の嗚咽が徐々に激しくなった。

14

風邪ひいてませんか？　なぜ井戸の前で寝てるんですか？

心配そうな女の言葉に男は笑った。

あら……笑えるのですね。

女の言葉に男はまた笑う。いつの間にか眠ってしまったようだ。熟睡でき、寒さも感じなかった。朝方女に起こされなかったら、すっかり日が昇っても気づかなかっただろう。庭に植えてある白菜を採ることから始まった女の朝はとても忙しかった。庭の端の野菜畑には白菜や大根、秋まきホウレンソウとフユアオイなどが植えてあった。昨日あたりフユアオイを切って味噌汁でも作っただろうか、葉に包丁の跡がある。その跡に朝露がびっしりついていた。夕飯の分まで炊いておくのか、女は結構な量の米を研いだ。ご飯を炊き、お弁当を作り、母のためにお粥を作るのを女は同時にこなしていた。朝食を食べる前、女は母を起こして壁にもたれさせ、お粥を冷ましながらゆっくり口の中に入れてやった。母親はまるで女の四歳の娘のように、女がすくってくれるお粥を食べた。食事を終えた母親を布団の上に寝かせて、板の間に立っている男と目が合うと、女はにこっと笑って見せる。朝方から忙しく動きまわった女の頬が少し赤くなっていた。男はふとその頬に触れてみたい衝動にかられる。台所に入った女がせっせと用意した朝食のテーブルに家族が集まった。食卓の前に座った女は、そんな忙しさなどなかったようにゆったりしていた。どうぞ、座ってください。立ったままの男に女が言った。さすらい始めてからほとんど朝食を口にしなかった男に、その食卓はあまりにもよそよそしいものだった。朝早く採った白菜で作ったのだろうか。白菜の葉の味噌汁がある。ネギの千切りを入れた生ガキの和え物からゴマ油の香ばしい匂いがする。大きなカクテキ、ジャコの炒めもの、エゴマの葉のキムチ、ケランチム。いつ作ったのか、テーブルの下には大きなボールに入ったスンニュン[*4]もある。どうぞ、座ってください。もう一度女にすすめられ、男は彼らの間に座った。男も家族の一員のようにご飯を食べる。少年が生ガキの和えものをあつあつのご飯の上にのせると、男もそのようにした。少女が白菜の味噌汁をずるずると飲むと、男もそのようにした。食事をしながら女は言った。今日は学校の後、だれかお母さんの面倒をみなければならないの。少女が口元に生ガキの和えものに入ったネギをつけたまま、わたしが早く帰れる、と言う。食事が終わり女が出かける準備をする間、少女は皿を洗い、少年は犬にご飯をやった。家を出る前、女は塀の向こうの隣りのおばさんに声をかけた。お昼に母にお粥を食べさせていただけますか、お粥は作ってあります。塀の向こうから顔の見えない、かすれた声が聞こえてくる。そんなこと心配しないで、早く学校と仕事に行きなさい。リュックを取りに女の部屋に入った男は、座卓の上にある女のハンカチを一枚ポケットに入れた。何か女のものが一つだけほしかった。

四人で家を出てバス停まで歩いた。新鮮な朝の空気を吸う。四人でバスに乗った。バスに乗った男は放浪に出て以来、初めて窓の外をじっくり眺めた。少年と少女が降りて、男と女がバスに残った。しばらくしてバスは海岸沿いを走った。バスがカーブを曲がると、男の体が女の方に傾いた。女から微かなローションの香りがした。穏やかで時には幻想的な漁村の風景が続いた。男はふと自分の車はどこにあるのだろう、と考えた。事件以来、男は五分もハンドルを握ることができなかった。車はあの家の駐車場だろうか。それとも辞表を出した会社の駐車場？　もしかしたらどこかの道路の街路樹の下だったのかもしれない。車を見つけたら、いつかこの道をまた走ってみよう、男はぼんやり考えた。この道を記憶するためには、気をしっかり持たなければならない。男は目を大きく開いた。

15

今日も境内に入りますか？

男は首を横にふった。

それでは？

帰る交通費がない。

女はしばらく男を見つめてから、財布から一万ウォン札二枚を取り出した。高速バスに乗るには一万ウォンあれば充分だ。男は受け取った二枚のうち一枚を女に返した。女がにっこりと笑って受け取った紙幣を財布の中にしまった。どういう言葉で別れればいいのかが分からず男が立ちつくしていると、それでは、と女が先に言う。そして男に丁寧に一礼をし、チケット売場の中に消えた。男は女の後ろ姿が見えなくなった後もしばらくその場に立っていた。首をうなだれた男は、自分の靴がもう歩けないほどぼろぼろになっているのに気づいた。あの家のある都市に戻れば、まっ先に新しい靴を買おう、男は考えた。そして続けて押し寄せてくるある考えに押し流されないよう顔をしかめる。ようやく男はチケット売場に背を向け、ゆっくり歩きだした。その靴をはいて……結局、男はその考えに押し流されていた。新しい靴をはいて……あの家に行ってみよう、男は深く息を吸い込んだ。もうあの家で暮らすことはできないが、兄と母と祖母の物を移さなければ。事件からの二年間、ただの一度も家の中に入ったことがない。足を踏み入れることなどできなかった。朝の日差しが男の伸びた後ろ髪に注がれる。数歩歩いた男は後ろをふり向いた。女の代わりに遠ざかるチケット売場が見える。チケット売場の後ろに大きなモミの並木も見える。その先はカエデが、そして華やかな花紋の大雄殿が続くだろう。何度も後ろをふり向いた男は、前からの車のクラクションにようやく前を向いた。あの日から、男はいかなるものにも目を留めなかった。人であれ物であれ、視線がぶつかる瞬間に耐えられなかった。目に留めておくことなどできなかった。しかし生きていくには、これ以上あの家を避けてはならないことが分かる男の首が深くうなだれた。バスから降りて女といっしょに歩いた道を戻れば、またバスに乗れるだろう。そして高速バスに乗れば、あの家に帰ることができる。ふと女にお礼の一言も言わなかったことを思い出す。男はもう一度チケット売場をふり向いた。

＊1 【短簫《タンソ》】長さ四〇センチほどの韓国伝統の竹製の縦笛。

＊2【鳥よ鳥よ、……なぜ分からない】一八九四年、甲午農民戦争の頃に歌われた民謡「鳥よ鳥よ、青い鳥」の歌詞。甲午農民戦争とは、全羅道で郡役人の不正などに反対し、東学の地方幹部だった全琫準《チョンボンジュン》（一八五五〜一八九五）の指導で起きた反乱。反乱軍制圧のために朝鮮政府が清に出兵を要請、日本も天津条約に基づいて出兵を通告、朝鮮支配をめぐって日清戦争を誘発する結果を招く。歌詞の「青い鳥」は清と日本の軍隊、「君」は全琫準を指すとされる。全は小柄だったために緑豆将軍とも呼ばれた。

＊3【清泡《チョンポ》売り】清泡は緑豆の澱粉を煮て固めたコンニャクのような食べ物、清泡売りは民衆を意味するといわれる。

＊4【スンニュン】ごはんを炊いたときにできるお焦げに湯を注いでふやかした飲み物。

作家のことば

私が二十代だったころ、つまり一九八〇年代前半までの韓国では、一般の人は自由に海外旅行ができませんでした。今考えれば、何をそこまで規制したのだろうと思いますが、あのころの韓国はそうでした。三十代になって、私は初めてパスポートを作りました。「韓日文学シンポジウム」に参加するためです。もう二十数年も前のことです。そして私の作品が韓国語ではない言語で翻訳される初めての経験をしました。単行本ではなく、シンポジウムに参加する作家の短編を一作ずつ翻訳し、それを読んで臨みました。テキストにするための翻訳です。

漢字で書かれた自分の名前しか読めない日本語訳を目の当たりにし、不思議で胸が熱くなったことを思い出します。何と言えばいいのでしょう。ああ、私たちは文化も生まれた場所も違うけれど、ついにこのように出会ったんだ、という感動がありました。幼いころから翻訳された世界文学を読んできましたが、自分の作品が翻訳され他の国の方々に読まれるのは、母語で書かれたものとは異なる意味がありました。ある境界が崩れたような自由を感じました。

それから時は流れ、たくさんの出来事がありました。生きていくことがそうであるように、何かは得て何かは失いました。韓国の状況も変わり、だれもが夏や冬休みには海外旅行に出かけたりします（今はパンデミックのため移動が難しいですが）。韓国文学も日本だけでなく欧米など多くの国で翻訳出版されています。私の本も日本では長編二作と掌編集、そしてこの世を去られて一層恋しい津島佑子さんと交わした往復書簡などが出版されました。本が出版されるたびに日本を訪れる機会が与えられたことは、喜びであり幸運でした。それがどれほど素敵なことだったのか、コロナ禍で二年近くを家で過ごしながら気づかされました。

インタビューを終えたある日の夕方は電車に乗って老舗のうな重を食べに行きました。夏の東京の湿度がどれほどなのかを知るようになり、今は引退された編集者の配慮で帝国ホテルで開かれていた出版社の忘年会に飛び入りし、デビューしたばかりの新人作家の顔を拝見したり、インタビューの途中の地震に驚いて机の下に隠れたり、ある新聞社の文学賞の授賞式にもお邪魔しました。そして何よりも大切なことは、その過程で何人かと友情を育んだことです。そして、最初に私の本を翻訳してくださった安宇植《アンウシク》先生と深く尊敬する津島佑子さんを失いもしました。

突然私たちに訪れた隔離の時間が長く続いている時期に、初めての短編集が出版されます。嬉しくありがたいことです。これまで長編を除き、八冊の短編集を世に出しました。掌編集まで入れれば十冊になります。その中から翻訳者のアドバイスを受けて選んだ作品がこの短編集に収められています。百編を越える短編から作品を選ぶのは、楽しいことでもあり難しいことでもありました。私の胸の内のすべてを読者の皆様にお見せしたかったからです。これらの作品を通して皆さんとお会いすることを考えると胸がときめきます。

一方では、もうあまり笑わなくなったある人間の過ぎた日々のようにも思われます。悲しみと苦しみに閉じ込められ、どこにも行けないと感じた時がありました。それゆえ一層どうにか前に進もうともしました。私にとって短編を書くことは、人生に襲いかかるどうしようもない瞬間を何とか渡ろうとしたことでもありました。その時間がそっくり溶け込んでいる作品を読みなおすのは、ほとんど哀悼に近い心だったことを告白します。

それでも読んでくださるどなたかは、これらの作品から悲しみではなく美しさを発見されることを願っています。拘束ではなく自由であることを、冷笑ではなく憐れみであることを、倒れることではなく起き上がることを望みます。私はだれかと残酷なほどに美しい関係を夢見てきたのだとしばしば気づかされます。不可能なことだからこそより強く羨望してきたことを、この作品集のあちこちで発見しました。今日、文学はもう難破船に過ぎないと言われますが、私が顔も名前も知らない読者とこのように出会えるのは、私たちの間に文学があるからでしょう。この変わらない事実がある限り、難破船であれ降りることはできないというのが今の気持ちです。どういうわけか、そんな心になってしまいました。

まもなくまた日本に行くことができるよう願っております。東京に、友人に、本に、読者の皆様に会えることを……。その時まで、どうかお元気で。

二〇二一年秋

シン・ギョンスク

訳者あとがき

一九八五年に二十二歳でデビューしたシン・ギョンスク（申京淑、一九六三年～）は、韓国文学を語るうえで欠かせない重要な作家のひとりである。これまで長編と短編集をそれぞれ八冊、エッセイ集三冊などを発表し、主な文学賞を総なめしただけでなく、ほとんどの作品がベストセラーになるほど読者からも厚い支持を得ている。

日本で初の短編集となる本書は、これまでの短編から著者と訳者が相談して選んだ七作品を収めたオリジナル版である。著者をベストセラー作家にした二冊目の短編集『オルガンのあった場所』（一九九三）から表題作と「鳥よ、鳥よ」、『ずっと前、家を離れる時』（一九九六）として刊行され、『ジャガイモを食べる人たち』（二〇〇五）と改題された短編集から表題作と「草原の空き家」「庭に関する短い話」、『知らない女たち』（二〇一一）から「彼がいま草むらの中に」「暗くなったあとに」を収めた。ほぼ二十年に渡って書かれた作品を改めて読みながら、著者の作品世界を知っていただける短編集になっているように思う。

なお、原文の年齢表記は数え年で記されているが、ここでは満年齢に直していることをお断りしておく。

　日本語で読めるシン・ギョンスクの作品は長編二作と、長きに渡り親交してきた津島佑子さんとの往復書簡『山のある家　井戸のある家』（拙訳、集英社、二〇〇七）がある。また掌編集『月に聞かせたい話』（村山俊夫訳、二〇二一、クオン）のほか、「浮石寺《プソクサ》へ」や「バドミントンをする女」などいくつかの短編がアンソロジーに紹介されている。翻訳された長編二作は著者の代表作であるだけでなく、韓国文学を語るうえでも重要な作品なので、ここで短く紹介しておきたい。

　一九九五年に発表された『離れ部屋』（安宇植訳、二〇〇五、集英社）は、三十三歳の作家である「私」の日々の思いと、彼女が長年目を背けてきたハイティーン時代の回想が重なり合っている。故郷を離れ、都会の狭いアパートの「離れ部屋」で兄と従妹と暮らす貧しい生活、昼の工場や夜の学校で出会った若者たちの姿、癒えない深い傷となってしまった友人の死などが、静かで繊細な筆致で描かれている。それは十六歳でソウルに上京し、昼は工場で働き夜は定時制高校で学んだ作家自身の過去と重なる。語り手の「私」は、これを「事実でもフィクションでもない、その中間くらいの作品」だと述べ、それゆえこれを「文学といえるのだろうか」ともつづる。自分の体験をもとにしながら、その体験の枠の中に留まらない、多くの人の人生を包み込む作品にしようという強い意志が作品に張りつめた緊張感を与えている。ここで描かれている友人の死は、この短編集の「庭に関する短い話」にある「あの時も……ウジがわいている大切な人の顔、労働にまみれた腐乱した手」のように、何の説明もなく他の作品に入り込んだりする。『離れ部屋』では労働集約的な産業システムのなかで犠牲となった一人の女性労働者の生を、十代の「私」の目を通して、時代を超える普遍的な鎮魂歌として描いた。シン・ギョンスクという作家の誕生と原点を知る重要な作品である。

『母をお願い』（安宇植訳、二〇一一、集英社文庫）は、二〇〇八年の発売以来、二五〇万部を超えるベストセラーである。同タイトルの演劇やミュージカルが上演されたり、「～をお願い」という言葉が流行るほど社会現象にもなった。二〇一二年にアジア圏の優れた文学に与えられる「マン・アジア文学賞」を受賞し、世界四十二か国で出版されるなど、韓国文学の海外進出にも大きな足跡を残した作品だ。

上京の際に地下鉄の構内で行方不明になった母親を探す家族の物語が、娘と息子、夫そして母自身へと章ごとに視点を変えて立体的に描かれる。母という普遍的なテーマを過剰な技巧なしに、すべての母に捧げる作品に描き出したという評価とともに、もはや帰って行く「故郷」や「母」を失った女性の自活の物語との解釈など、さまざまな読み方が多くの読者に受け入られた。

シン・ギョンスクは韓国で九〇年代の文学を開いた作家とよく評される。それは八〇年代にデビューした彼女が本格的に活躍しはじめた時期を言っているのではない。『離れ部屋』の「私」がふり返る一九八〇年代の韓国は、社会の各分野で民主化運動が巻き起こり、文学においても社会変革が重要なテーマとなっていた。「文学の社会的な責務」は近代以降、植民地時代や朝鮮戦争、軍部独裁を経て、今なお続いている南北の分断状況にある韓国の文学的な特徴とも言える。韓国社会の民主化や冷戦崩壊後は、文学においても社会全体の問題よりは個人の内面の問題など、それまでとは異なる価値が求められるようになった。日常を繊細に描いた作品が多く読まれ、シン・ギョンスクの作品はその代表とされた。若い読者を中心に女性作家の作品や村上春樹をはじめとする日本の小説が広く読まれるようになった時期でもある。シン・ギョンスクはデビュー当時から社会の変革を提起する文学よりは、「情緒的な喚起力としての文学」を目指すと述べていたが、その姿勢は今も変わらない。

時代的な背景を超えて、人間の存在や生というより根源的な問題への深い省察を描く彼女の作品は、その独特な文体によって支えられている。「オルガンのあった場所」は家庭のある男性と恋に落ちた女性が故郷に戻って彼宛に書いた手紙の形をとっている。手紙の初めには、春が訪れたばかりの村はとても美しかったとある。しかしその短い文は突然の改行と読点で断ち切られる。村に着いたものの家に入ることをためらい道を迂回し、何度も足を止める主人公の姿が、そうした文章の中で視覚的に再現されている。突然の改行と読点、そして「……」が続く文章は読むスピードを落とし、もじもじとためらう人物たちの姿をじれったいと思う読者もいるかもしれない。しかし、話者とともに足を止めながらしばらく読み進めると、農村のありふれた春の風景はいつの間にか特別なものとして目の前に現れ、人物たちの発話されない声が聞こえてくる。シン・ギョンスクの作品を読むことは、こうした行間に潜む沈黙から聞こえる告白を聞き取り、その声にならない言葉に共感することでもある。

もう一つの手紙形式の「ジャガイモを食べる人たち」は、入院中の老いた父親を介護している語り手が職場の先輩だった女性に宛てる手紙だ。記憶力に問題が生じた父親の代わりにその生涯をふり返る「私」の手紙は、いつの間にか父親の物語から隣の病室の患者の奥さん、若くして夫を亡くした手紙の宛先の先輩、そして故郷で子守りをしていた幼い女の子、子どもを亡くした若い父親へと広がっていく。タイトルの「ジャガイモを食べる人たち」は、貧しい農民の姿を描いたゴッホの初期代表作（一八八五）による。ゴッホが弟テオに送った手紙には、ランプの下でジャガイモを食べている人たちが皿に伸ばしているその手が、大地を耕していたことを強調しようと努めたと書いてあるそうだ。黙々と与えられた生に耐えて日常を営んでいる、名のないすべての人々への敬意がこの短編にも込められている。

「オルガンのあった場所」、「庭に関する短い話」、「ジャガイモを食べる人たち」には、『離れ部屋』をはじめ著者の作品にたびたび登場する故郷の風景が描かれている。中学を卒業して離れた故郷よりソウルでの生活の方がはるかに長くなるが、「故郷の自然と人々の姿はしつこく私にまとわりついて、突然現在の私の暮らしの中に攻め込んできて文章を織りなしたりする」と作家自身語っている。李箱《イサン》文学賞の受賞エッセイ「文学は人生の灯」（『僕は李箱から文学を学んだ』、二〇二〇、クオン）は、こう続く。「自然だけでなく、線路で列車に轢《ひ》かれて死んだ人たち、焼酎の一升瓶をがぶがぶ飲んで自殺してしまった人たち、しゃべれなかったり脚を引きずっていたり、目が見えなかったりする障害をもつ人々の人生を、私の生まれ故郷はありのまま見せてくれた。早朝からせっせと体を動かして働かなければ刈り入れるものがないという生の姿を、春に種を蒔いてこそ秋の収穫があるという理致を、それでも時おり台風や豪雨で一度に持っていかれてしまう、人間にはどうにもならない虚無をも」と。シン・ギョンスクの文学を支える原風景と世界観はこれらの作品だけでなく、彼女のすべての作品に溶け込んでいる。

突然人生に襲ってくる根源的なレベルの喪失を描いてきた作家に思いがけない出来事が起きた。日本語で著者の名前を検索すると、「盗作疑惑」という言葉が目に飛び込む。文学的な評価と商業的な成功に輝いていた彼女にとって取り返しのつかない烙印となってしまった出来事を、あえてここに書いておく。

二〇一五年六月に作家の一人が、シン・ギョンスクが一九九六に書いた「伝説」という短編に、詩人キム・フランが一九八三年に翻訳した三島由紀夫の短編「憂国」と酷似している部分があるという内容の記事をネット新聞に掲載した。「憂国」は二・二六事件を背景に思想に殉じて死ぬ人間の美しさを描いた作品で、「伝説」は朝鮮戦争で夫を亡くし老いた妻の物語である。テーマから全く異なる作品だが、提示された部分は酷似していた。記事はネットを通し一瞬にして拡散し、マスコミが後を追って大々的に報道すると、シン・ギョンスクは「憂国」を読んだ覚えがないと盗作を否定し、出版元は作家を擁護するようなコメントを発表した。さまざまな情報と噂が飛び交う中、この短編の発表後にも同様の指摘があったが、それについて何も検証されなかったことが明らかになった。問題は作家個人から文壇全体の問題へと広がり、SNS時代のインターネット媒体の威力を見せつけながら、韓国文学全体にとって大きな問題となった。結局シン・ギョンスクは「いくら記憶をたどってみても「憂国」を読んだ記憶はないが、私自身も自分の記憶を信じられない状況になった」と盗作の指摘を受け入れ謝罪した。

韓国文学史では、植民地支配からの独立、あるいは民主化を訴えたがために、検閲をはじめ様々に迫害された作家が少なくない。そうした歴史から、今でも文学者に対する敬愛がある反面、厳しい倫理やモラルが求められているように思う。ペンをもって闘ってきた韓国文学がその大義や純粋さを失い、大型出版社と主要文芸誌の協業的な結合が招いた身内化と商業化に対する批判や自省の声だけでなく、第一線で活躍していた作家たちの世代交代が行われるなど、大きなうねりがあった。

二〇二一年の春、沈黙の時間を余儀なくされたシン・ギョンスクの新しい長編『父のところに行ってきた』が刊行された。「ジャガイモを食べる人たち」に描かれた父親の生涯がより丁寧に描かれ、激動の時代を生きてきたすべての父親に捧げる物語となっている。いまだに批判の声もあるが、たちまちベストセラー入りを果たしたことは、彼女の作品を待っていた読者が多かったことを示している。

この短編集の最後に収めた「暗くなったあとに」は、惨たらしい事件で家族を亡くした男の物語だ。作品のモチーフになったのは、二〇〇三年から翌年にかけてソウルで起きた連続殺人事件だ。犯人の名前から「ユ・ヨンチョル事件」として知られ、ナ・ホンジン監督の映画『チェイサー』(二〇〇八)のベースにもなっている。犯人は富裕層の高齢者や風俗で働いている女性たちを主なターゲットにした。裁判では教会の近くにある家を選んで神に祈っても目の前の暴力を避けることはできないということを示したかったとも証言し、韓国社会を震撼させた。こうした事件をモチーフにするのはシン・ギョンスクにとって珍しいことだが、この作品を書かざるを得ないほど切迫した危機感があったのだろう。

世間の注目が犯人に注がれるなか、主人公の男はまるで逃亡者のようにさ迷い歩き、ある女性に出会う。彼女は彼の望みを聞き入れ、食事をおごり、そして寝場所まで提供する。女性のそうした対応は非現実的にも思える。しかし、それよりも非現実的な運命に見舞われ人生を投げ出していた男には、絶望の淵で遭遇した小さな光となる。

「私にとって小説を書くということは、結局のところ母の心に最も近づくことである。ひび割れたもの、美しくないもの、不当な扱いをされているもの、消滅の運命にあるもの、偏りみすぼらしいものたちを包み込む野性的な母親になること。みすぼらしいものたちがむしろ輝いているのを知った時、私は小説に魅了された」(短編集『鐘の音』のあとがき、二〇〇二)と明かしているように、彼女の作品は多分に母性的とも言えよう。ただその「母の心」とは、いわゆる母性愛とか自己犠牲といった過去の母親像への回顧というより、われわれが取り戻すべき価値の象徴であり、彼女の小説を貫流しているすべての存在に対する慈しみではないだろうか。

教室の片隅の、そこだけ床の色が違う部分は、かつてそこにオルガンがあったことを物語る。何かが欠けていたり、矛盾したものを包み込もうとする彼女の作品が、パンデミックという厳しい時を過ごしている中、読者の皆様の心に美しい跡を残すことができればと願っている。

二〇二一年秋

きむ　ふな

シン・ギョンスク（申京淑）

1963年、全羅北道井邑生まれ。ソウル芸術大学文芸創作科卒。
1985年のデビュー以来、韓国文学を牽引する人気作家となる。
李箱文学賞、現代文学賞、万海文学賞、東仁文学賞など受賞多数。
主な作品に『オルガンのあった場所』『深い哀しみ』『離れ部屋』（邦訳：安宇植訳、集英社）
『父のところに行ってきた』など。
2008年に発表された『母をお願い』（邦訳：安宇植訳、集英社文庫）は
韓国で250万部を超す大ヒットとなり、世界45か国で出版される。
邦訳に、津島佑子との往復書簡集『山のある家　井戸のある家』（きむ ふな訳、集英社）
『月に聞かせたい話』（村山俊夫訳、クオン）などがある。

きむ　ふな

韓国生まれ。韓国の誠信女子大学、同大学院を卒業し、
専修大学日本文学科で博士号を取得。
翻訳書にハン・ガン『菜食主義者』、キム・エラン『どきどき僕の人生』、
キム・ヨンス『ワンダーボーイ』、ピョン・ヘヨン『アオイガーデン』（以上クオン）、
孔枝泳『愛のあとにくるもの』（幻冬舎）など。
著書に『在日朝鮮人女性文学論』（作品社）がある。
韓国語訳書の津島佑子『笑いオオカミ』にて板雨翻訳賞を受賞。

オルガンのあった場所《ばしょ》
新しい韓国の文学シリーズ23

2021年11月30日　初版第1刷発行

〔著者〕シン・ギョンスク（申京淑）
〔訳者〕きむ ふな
〔編集〕藤井久子
〔校正〕嶋田有里
〔ブックデザイン〕寄藤文平＋鈴木千佳子
〔カバーイラストレーション〕鈴木千佳子
〔DTP〕アロン デザイン
〔印刷〕藤原印刷株式会社

〔発行人〕
永田金司　金承福
〔発行所〕
株式会社クオン
〒101-0051
東京都千代田区神田神保町1-7-3 三光堂ビル3階
電話　03-5244-5426
FAX　03-5244-5428
URL　http://www.cuon.jp/

ISBN 978-4-910214-24-5　C0097